Э. Т. А. Гофман

ЩЕЛКУНЧИК
И
МЫШИНЫЙ КОРОЛЬ

Э. Т. А. Гофман

ЩЕЛКУНЧИК
И
МЫШИНЫЙ КОРОЛЬ

Иллюстрации А. Шайнера
и Л. В. Р. Венкебаха

Эрнст Теодор Амадей Гофман. *Щелкунчик и Мышиный король*

Иллюстрации: Артуш Шайнер и Людвиг Виллем Реймерт Венкебах
Перевод: Александр Лукич Соколовский
Оформление: Мари-Мишель Джой

ISBN 978-1-909115-88-0
Издательство The Planet, 2014
© Мари-Мишель Джой, 2014: оформление, редакция перевода
www.the-planet-books.com

Оглавление

Сочельник

Весь день двадцать четвертого декабря детям советника медицины Штальбаума было запрещено входить не только в гостиную, но и в соседнюю комнату. С наступлением сумерек Мари и Фриц сидели в темном уголке детской и, по правде сказать, немного боялись темноты: в этот день в комнату не внесли лампы, как это и полагается в сочельник. Фриц под величайшим секретом рассказал своей семилетней сестренке, что уже с самого утра слышал в запертых комнатах беготню, шум и тихое шушуканье. А еще он видел, как туда потихоньку прокрался маленький, во что-то закутанный человек с ящиком в руках, но Фриц совершенно точно уверен, что это был их крестный Дроссельмейер. Услышав это, маленькая Мари радостно захлопала в ладоши и воскликнула:

— Ах, я думаю, что крестный подарит нам что-нибудь очень интересное!

Друг дома, советник Дроссельмейер, был очень некрасив. Это был маленький, сухощавый старичок с множеством морщин на лице, а на месте правого глаза у него был налеплен большой черный пластырь. Волос у крестного не было, поэтому он носил маленький белый парик. Но, несмотря на это, все очень любили крестного: он был великий искусник, и не только умел чинить часы, но даже сам их делал! Когда какие-нибудь из прекрасных часов в доме Штальбаума ломались и не хотели идти, крестный приходил, снимал свой парик и желтый сюртук, надевал синий передник и начинал копаться в часах какими-то острыми палочками — так что маленькой Мари даже становилось их жалко. Но крестный знал, что вреда часам он не причинит, а наоборот — поможет. И действительно, часы через некоторое время оживали и начинали опять весело ходить, бить и постукивать, так что все окружающие, глядя на них, только радовались.

Всякий раз, приходя в гости, крестный приносил какой-нибудь подарок детям: то куколку, которая кланялась и мигала глазками, то коробочку, из которой выскакивала птичка, — словом, что-нибудь занятное. Но к Рождеству он всегда приготавливал какую-нибудь большую, особенно затейливую игрушку, над которой долго трудился. Поэтому родители, показав вещицу детям, потом всегда бережно прятали ее в шкаф.

— Ах, как бы узнать, что придумал на этот раз крестный... — повторила маленькая Мари.

Фриц устал уверять, что крестный наверняка подарит им в этот раз большую крепость с прекрасными солдатами. Солдаты будут маршировать и обучаться, а потом придут враги и захотят взять ее штурмом, но солдаты в крепости станут храбро защищаться и начнут громко стрелять из пушек.

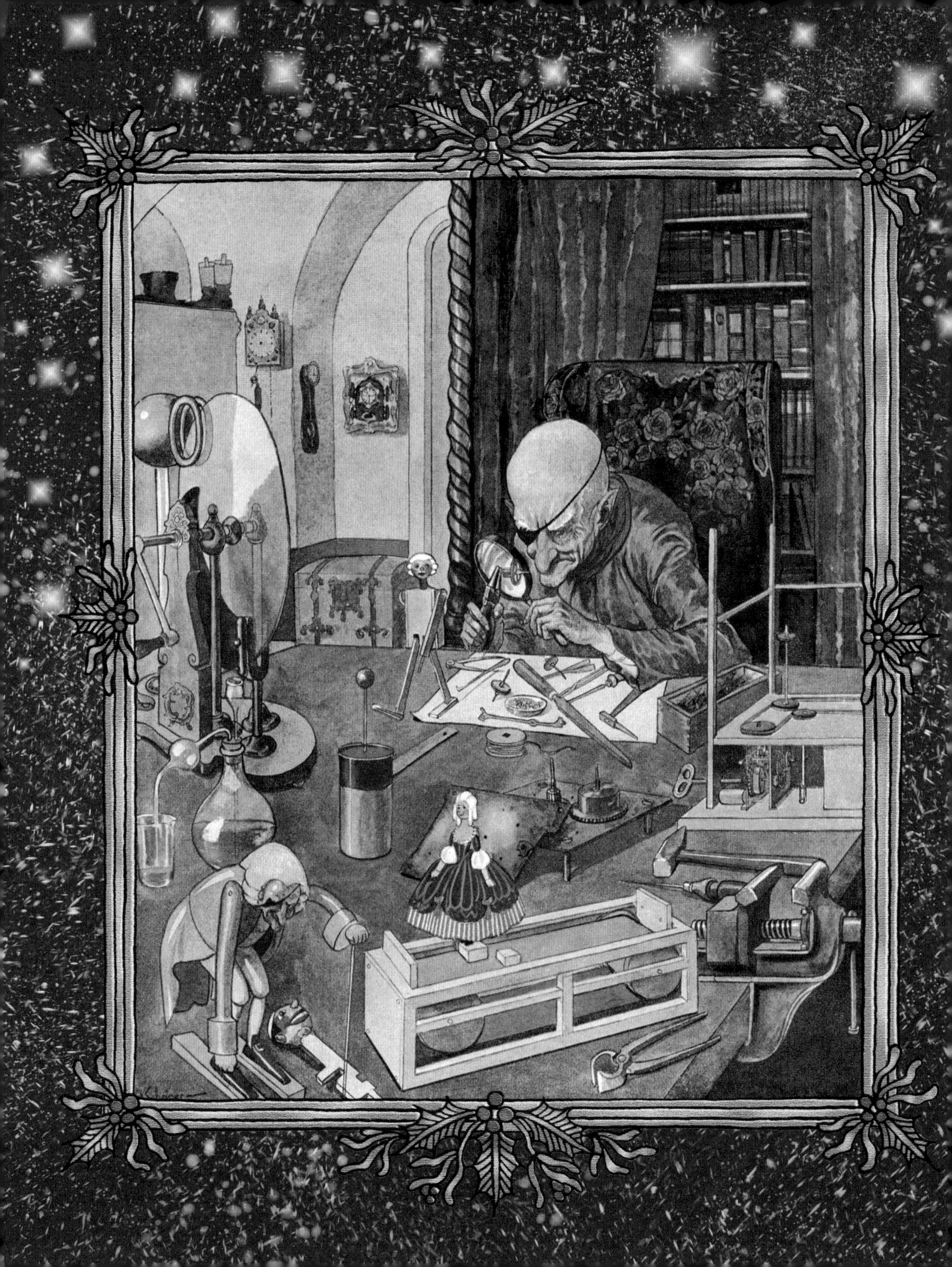

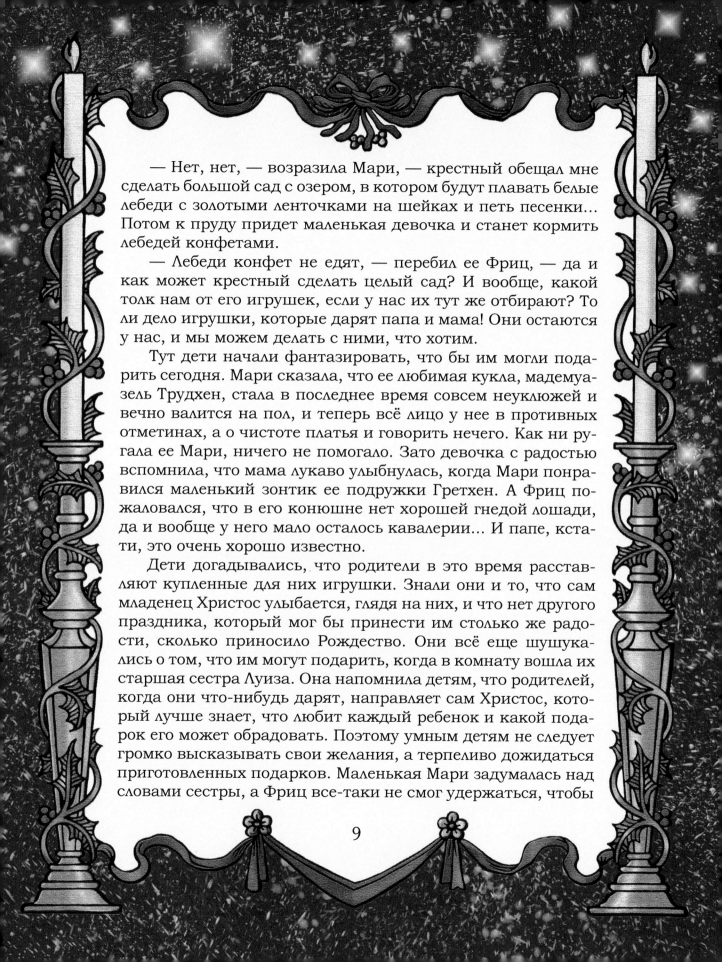

— Нет, нет, — возразила Мари, — крестный обещал мне сделать большой сад с озером, в котором будут плавать белые лебеди с золотыми ленточками на шейках и петь песенки... Потом к пруду придет маленькая девочка и станет кормить лебедей конфетами.

— Лебеди конфет не едят, — перебил ее Фриц, — да и как может крестный сделать целый сад? И вообще, какой толк нам от его игрушек, если у нас их тут же отбирают? То ли дело игрушки, которые дарят папа и мама! Они остаются у нас, и мы можем делать с ними, что хотим.

Тут дети начали фантазировать, что бы им могли подарить сегодня. Мари сказала, что ее любимая кукла, мадемуазель Трудхен, стала в последнее время совсем неуклюжей и вечно валится на пол, и теперь всё лицо у нее в противных отметинах, а о чистоте платья и говорить нечего. Как ни ругала ее Мари, ничего не помогало. Зато девочка с радостью вспомнила, что мама лукаво улыбнулась, когда Мари понравился маленький зонтик ее подружки Гретхен. А Фриц пожаловался, что в его конюшне нет хорошей гнедой лошади, да и вообще у него мало осталось кавалерии... И папе, кстати, это очень хорошо известно.

Дети догадывались, что родители в это время расставляют купленные для них игрушки. Знали они и то, что сам младенец Христос улыбается, глядя на них, и что нет другого праздника, который мог бы принести им столько же радости, сколько приносило Рождество. Они всё еще шушукались о том, что им могут подарить, когда в комнату вошла их старшая сестра Луиза. Она напомнила детям, что родителей, когда они что-нибудь дарят, направляет сам Христос, который лучше знает, что любит каждый ребенок и какой подарок его может обрадовать. Поэтому умным детям не следует громко высказывать свои желания, а терпеливо дожидаться приготовленных подарков. Маленькая Мари задумалась над словами сестры, а Фриц все-таки не смог удержаться, чтобы

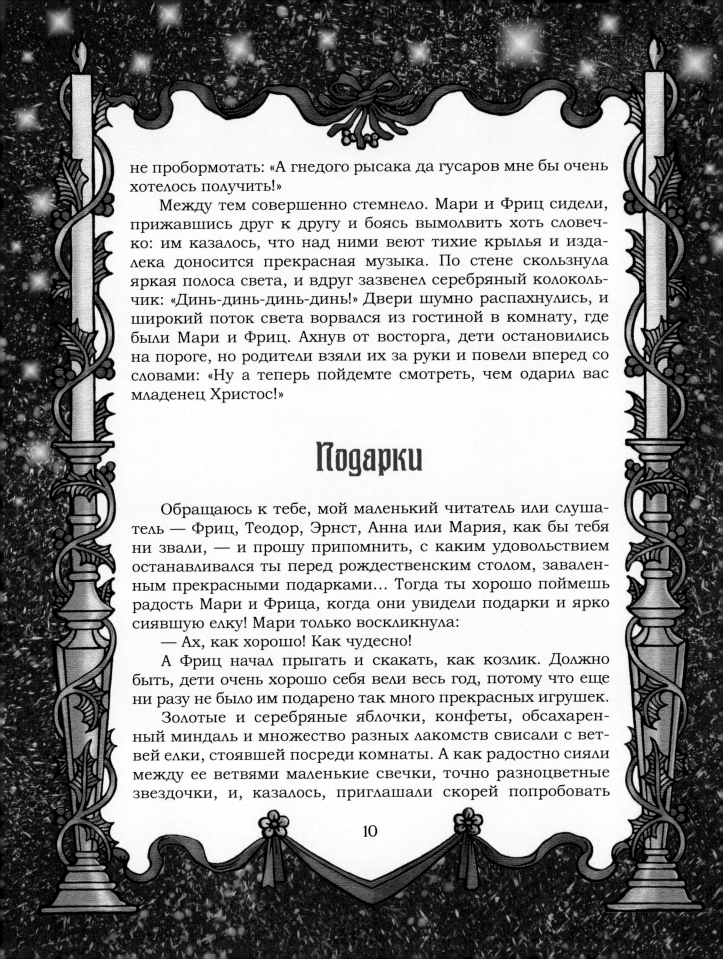

не пробормотать: «А гнедого рысака да гусаров мне бы очень хотелось получить!»

Между тем совершенно стемнело. Мари и Фриц сидели, прижавшись друг к другу и боясь вымолвить хоть словечко: им казалось, что над ними веют тихие крылья и издалека доносится прекрасная музыка. По стене скользнула яркая полоса света, и вдруг зазвенел серебряный колокольчик: «Динь-динь-динь-динь!» Двери шумно распахнулись, и широкий поток света ворвался из гостиной в комнату, где были Мари и Фриц. Ахнув от восторга, дети остановились на пороге, но родители взяли их за руки и повели вперед со словами: «Ну а теперь пойдемте смотреть, чем одарил вас младенец Христос!»

Подарки

Обращаюсь к тебе, мой маленький читатель или слушатель — Фриц, Теодор, Эрнст, Анна или Мария, как бы тебя ни звали, — и прошу припомнить, с каким удовольствием останавливался ты перед рождественским столом, заваленным прекрасными подарками... Тогда ты хорошо поймешь радость Мари и Фрица, когда они увидели подарки и ярко сиявшую елку! Мари только воскликнула:

— Ах, как хорошо! Как чудесно!

А Фриц начал прыгать и скакать, как козлик. Должно быть, дети очень хорошо себя вели весь год, потому что еще ни разу не было им подарено так много прекрасных игрушек.

Золотые и серебряные яблочки, конфеты, обсахаренный миндаль и множество разных лакомств свисали с ветвей елки, стоявшей посреди комнаты. А как радостно сияли между ее ветвями маленькие свечки, точно разноцветные звездочки, и, казалось, приглашали скорей попробовать

все лакомства. Подарки же, разложенные под ёлкой, были так прекрасны, что трудно и описать! Для Мари были приготовлены нарядные куколки, ящички с полным кукольным хозяйством, но больше всего её обрадовало шёлковое платье с бантами из разноцветных лент. Оно висело на одной из ветвей, так что девочка могла любоваться им со всех сторон.

— Ах, моё милое платьице! — в восторге воскликнула Мари. — Ведь оно точно моё? Ведь я могу его надеть?

Фриц между тем уже успел трижды обскакать вокруг ёлки на своей новой лошади, которую нашёл привязанной к столу за поводья. Слезая, он потрепал её по холке и сказал, что конь — лютый зверь, ну да ничего: уж он его вышколит! Потом он занялся эскадроном новых гусар в ярко-красных с золотом мундирах, которые размахивали серебряными сабельками и сидели на таких белоснежных конях, словно и они были сделаны из чистого серебра.

Успокоившись немного, дети принялись рассматривать книжки с картинками. В них были нарисованы нарядные люди и прекрасные цветы, а еще милые играющие детки, так натурально изображенные, что, казалось, они были живые и в самом деле играли и бегали. Но не успели брат с сестрой рассмотреть картинки, как вдруг опять зазвенел колокольчик. Это означало, что пришел черед подаркам их крестного, Дроссельмейера, и они с любопытством подбежали к стоявшему возле стены столу. Ширма, закрывавшая стол, раздвинулась… — и что же предстало их взору? На свежем зеленом лугу, усеянном цветами, стоял маленький замок с зеркальными окнами и золотыми башенками. Послышалась музыка, двери и окна замка отворились, и через них стало видно, как маленькие кавалеры с перьями на шляпах и дамы в платьях со шлейфами гуляют по залам. В центральном зале, ярко освещенном множеством маленьких свечек в серебряных канделябрах, танцевали дети в коротких камзольчиках и платьицах. Какой-то господин, очень похожий на крестного Дроссельмейера, в зеленом плаще, беспрестанно выглядывал из окна замка и опять исчезал, выходил из дверей и снова прятался. Только ростом этот крестный был не больше папиного мизинца.

Фриц, облокотившись на стол руками, долго рассматривал чудесный замок с танцующими фигурками, а потом воскликнул:

— Крестный! Позволь мне войти в этот замок!

Крестный объяснил ему, что этого сделать никак нельзя, и он был прав, потому что глупенький Фриц не подумал, как он войдет в замок, который со всеми его золотыми башенками, был гораздо меньше его самого. Фриц это понял и замолчал.

Посмотрев еще некоторое время, как куколки гуляли и танцевали в замке, а зеленый человечек всё выглядывал в окошко и высовывался из дверей, Фриц сказал с нетерпением:

— Крестный, сделай так, чтобы этот зеленый человечек выглянул из других дверей!

— Этого тоже нельзя, мой милый Фриц, — ответил крестный.

— Ну так вели ему, — продолжал Фриц, — гулять и танцевать с остальными, а не высовываться.

— И этого нельзя, — был ответ.

— Ну тогда пусть дети, которые танцуют, сойдут вниз: я хочу их рассмотреть поближе.

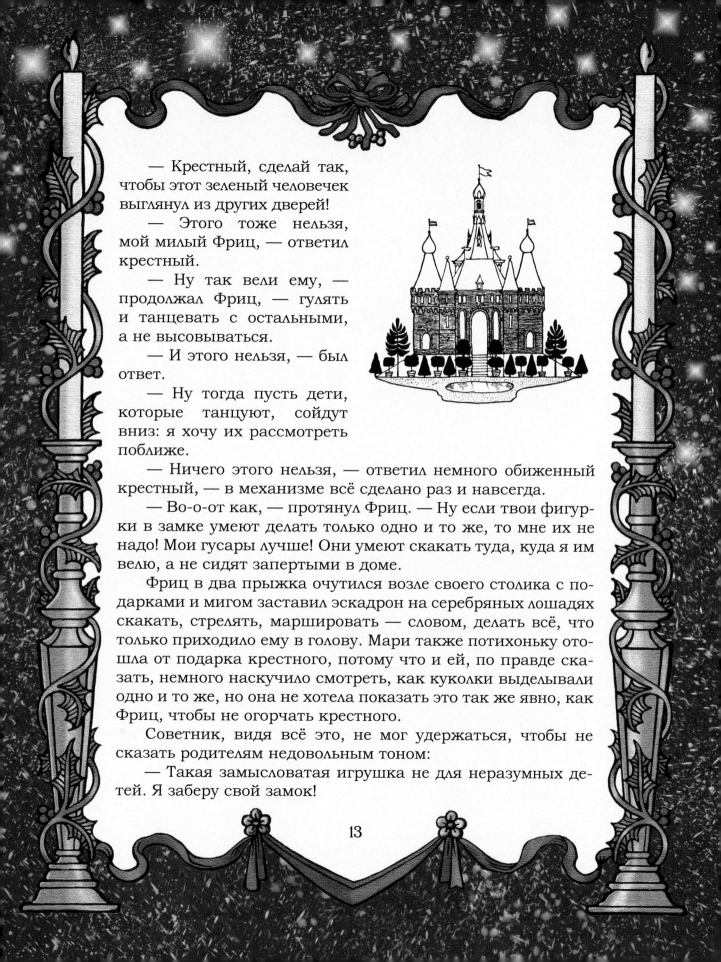

— Ничего этого нельзя, — ответил немного обиженный крестный, — в механизме всё сделано раз и навсегда.

— Во-о-от как, — протянул Фриц. — Ну если твои фигурки в замке умеют делать только одно и то же, то мне их не надо! Мои гусары лучше! Они умеют скакать туда, куда я им велю, а не сидят запертыми в доме.

Фриц в два прыжка очутился возле своего столика с подарками и мигом заставил эскадрон на серебряных лошадях скакать, стрелять, маршировать — словом, делать всё, что только приходило ему в голову. Мари также потихоньку отошла от подарка крестного, потому что и ей, по правде сказать, немного наскучило смотреть, как куколки выделывали одно и то же, но она не хотела показать это так же явно, как Фриц, чтобы не огорчать крестного.

Советник, видя всё это, не мог удержаться, чтобы не сказать родителям недовольным тоном:

— Такая замысловатая игрушка не для неразумных детей. Я заберу свой замок!

Но мать остановила его и попросила показать ей искусный механизм, с помощью которого двигались куколки. Советник разобрал игрушку, с удовольствием всё показал и собрал снова, после чего он опять повеселел и подарил детям еще несколько человечков из душистого пряничного теста, с позолоченными головками, ручками и ножками. Фриц и Мари были очень этому рады. Старшая сестра Луиза по просьбе матери облачилась в подаренное платье, которое ей очень шло. А Мари не спешила надевать свое новое платье — ей хотелось сначала просто полюбоваться на него. И ей это охотно позволили.

Любимец

Мари никак не могла отойти от своего столика, находя на нем всё новые вещицы. А когда Фриц взял своих гусаров и отправил их на парад, Мари увидела, что за гусарами скромно стоит маленький игрушечный человечек, точно дожидаясь, когда очередь дойдет до него. Правда, был он не очень складный: невысокого роста, с большим животом, маленькими тонкими ножками и огромной головой. Но человечек был очень мило и со вкусом одет, а это лучшее доказательство благовоспитанности. На нем была лиловая гусарская курточка со множеством пуговок и шнурков, такие же рейтузы и высокие лакированные сапоги, точь-в-точь как носят студенты и офицеры. Сапоги сидели как влитые! Только вот немножко нелепо выглядел при таком костюме пришпиленный к спине деревянный плащ и надетая на голову шапочка рудокопа. Но Мари знала, что крестный Дроссельмейер носил такой же плащ и такую же смешную шапочку, и это вовсе не мешало ему быть милым и добрым. А еще Мари подумала, что во всей своей одежде крестный никогда не выглядел так чисто и опрятно, как этот

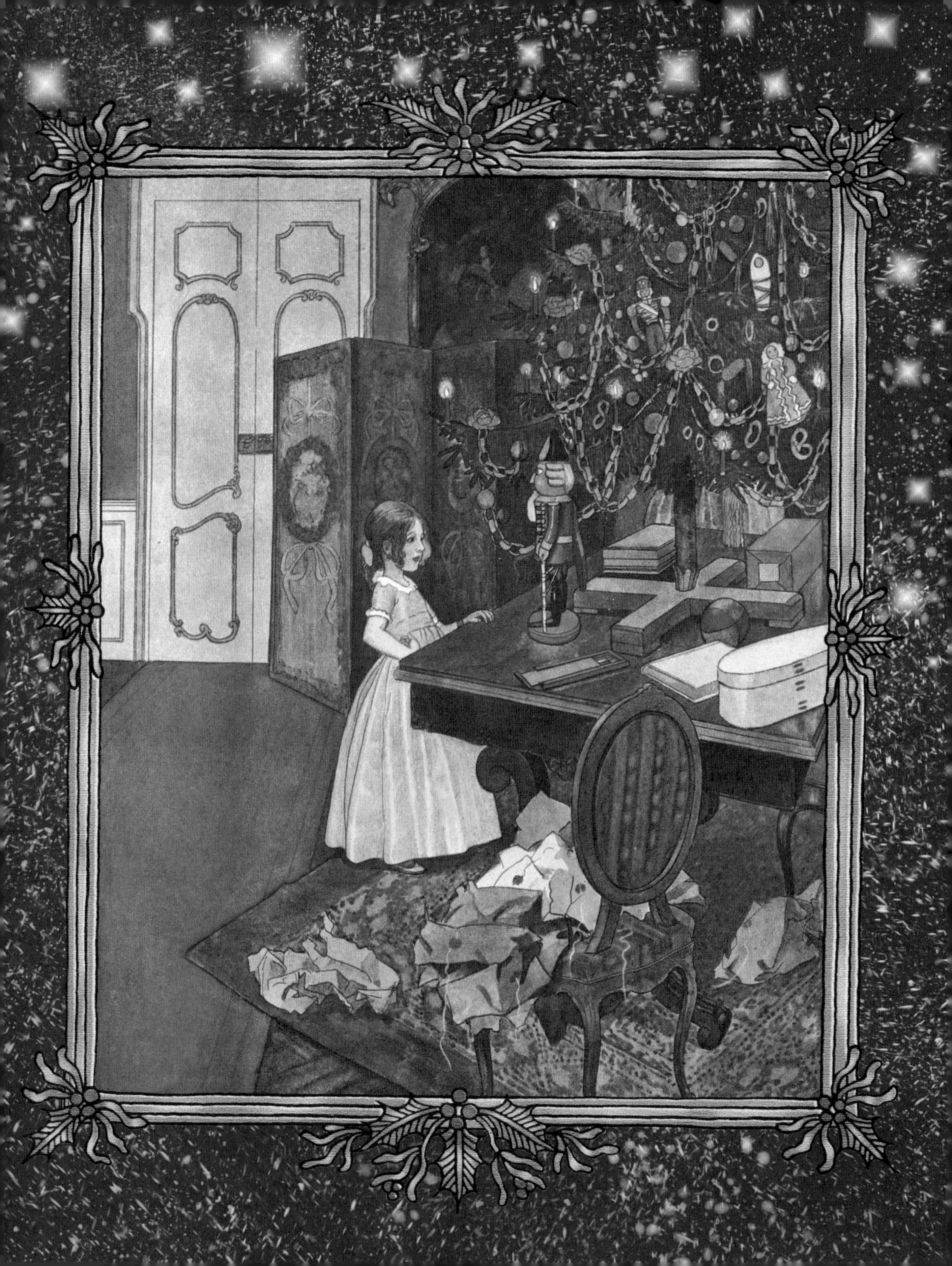

деревянный человечек. Мари полюбила его с первого взгляда, заметив, каким добродушием светится его лицо: в светлых зеленых глазах сияли приветливость и дружелюбие. Подбородок человечка окаймляла белая завитая борода из ниток, что делало еще милее улыбку больших красных губ.

— Ах, — воскликнула Мари, — кому же подарили этого хорошенького человечка, что стоит под елкой?

— Это вам всем, милые дети, — отвечал папа, — и тебе, и Луизе, и Фрицу. Он будет для всех вас щелкать орехи.

С этими словами папа взял человечка со стола, приподнял его деревянный плащ, и дети увидели, что человечек широко разинул рот, показав два ряда острых, белых зубов. Мари положила ему в рот орех — щелк! — и скорлупки упали на пол, а в руку Мари скатилось белое вкусное ядрышко. Папа объяснил детям, что куколка эта зовется Щелкунчиком. Девочка была в восторге.

— Ну, Мари, — сказал папа, — раз Щелкунчик тебе так понравился, то я дарю его тебе. Береги его и защищай... Хотя, впрочем, в его обязанность входит щелкать орехи и для Фрица с Луизой.

Мари тотчас взяла Щелкунчика на руки и заставила его щелкать орехи, выбирая самые маленькие, чтобы у Щелкунчика не поломались зубы.

Луиза подсела к ней, и добрый Щелкунчик стал щелкать орехи для них обеих, что, кажется, ему самому доставляло большое удовольствие, если судить по улыбке, не сходившей с его губ.

Между тем Фриц, порядочно устав от верховой езды и обучения своих гусар и услышав, как весело щелкаются орехи, подбежал к сестрам и от души расхохотался, увидев маленькую уродливую фигурку Щелкунчика, переходившего из рук в руки и успевавшего щелкать орехи абсолютно для всех. Фриц стал выбирать самые большие орехи и так неосторожно заталкивал их Щелкунчику в рот, что вдруг раздалось — крак-крак! — и три белых зуба Щелкунчика упали на пол, да и челюсть, сломавшись, свесилась на одну сторону.

— Ах, мой бедный Щелкунчик! — заплакала Мари, отобрав его у Фрица.

— Э, да какой он глупый! — закричал Фриц. — Берется щелкать орехи, а у самого нет крепких зубов! На что же он годен? Давай его мне, я заставлю его щелкать, пока у него не выпадут последние зубы и не отвалится подбородок!

— Нет, нет, оставь! — со слезами вскрикнула Мари. — Я не дам тебе моего милого Щелкунчика. Посмотри, как он жалобно смотрит на меня и показывает свой больной ротик! Ты злой мальчик: ты бьешь своих лошадей и стреляешь в своих солдат.

— Потому что так надо, — возразил Фриц, — и ты в этом ничего не смыслишь. А Щелкунчика все-таки дай мне: ведь его подарили нам обоим!

Мари залилась слезами и поскорее завернула Щелкунчика в свой платок. В это время к ним подошли родители с крестным. Крестный, к величайшему огорчению Мари, встал на сторону Фрица, но папа сказал:

— Я поручил Мари беречь Щелкунчика, а так как он теперь болен и больше всего нуждается в ее заботе, то никто не имеет права его отнимать. А ты, Фриц, разве не знаешь, что раненых солдат никогда не оставляют в строю? Ты, как военный командир, должен это понимать!

Фриц сконфузился и потихоньку отошел на другой конец комнаты, где занялся устройством ночлега для своих гусар, закончивших на сегодня службу. А Мари собрала выпавшие у Щелкунчика зубы, подвязала его подбородок чистым белым платком и еще осторожнее, чем прежде, завернула бледного перепуганного человечка в теплое одеяло. Взяв его на руки и покачивая как маленького больного ребенка, она занялась рассматриванием картинок в новой книге, найденной среди прочих подарков.

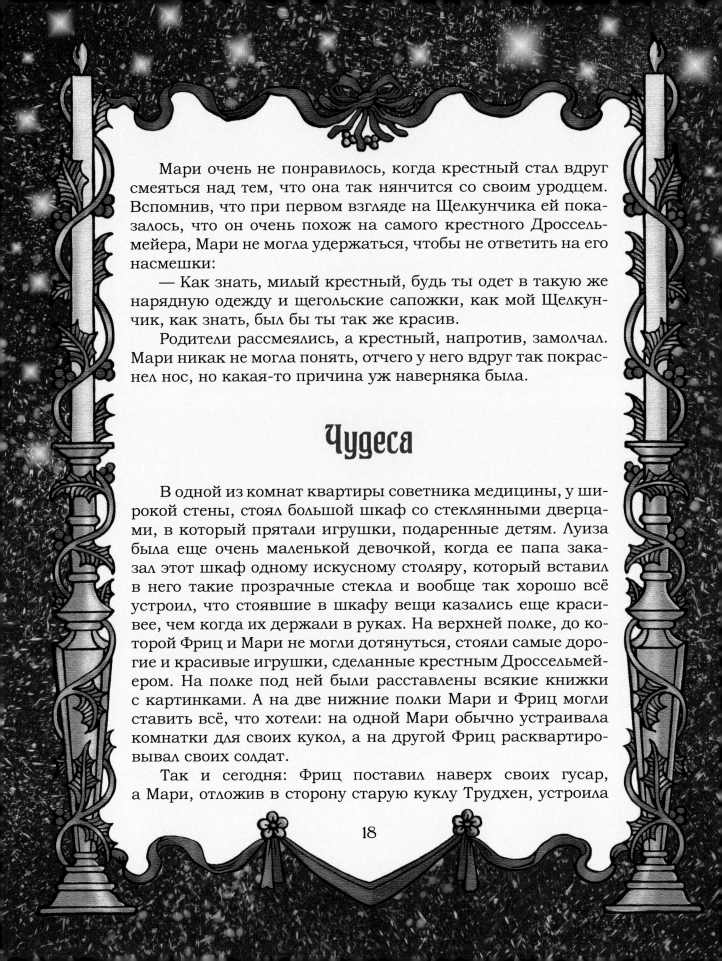

Мари очень не понравилось, когда крестный стал вдруг смеяться над тем, что она так нянчится со своим уродцем. Вспомнив, что при первом взгляде на Щелкунчика ей показалось, что он очень похож на самого крестного Дроссельмейера, Мари не могла удержаться, чтобы не ответить на его насмешки:

— Как знать, милый крестный, будь ты одет в такую же нарядную одежду и щегольские сапожки, как мой Щелкунчик, как знать, был бы ты так же красив.

Родители рассмеялись, а крестный, напротив, замолчал. Мари никак не могла понять, отчего у него вдруг так покраснел нос, но какая-то причина уж наверняка была.

Чудеса

В одной из комнат квартиры советника медицины, у широкой стены, стоял большой шкаф со стеклянными дверцами, в который прятали игрушки, подаренные детям. Луиза была еще очень маленькой девочкой, когда ее папа заказал этот шкаф одному искусному столяру, который вставил в него такие прозрачные стекла и вообще так хорошо всё устроил, что стоявшие в шкафу вещи казались еще красивее, чем когда их держали в руках. На верхней полке, до которой Фриц и Мари не могли дотянуться, стояли самые дорогие и красивые игрушки, сделанные крестным Дроссельмейером. На полке под ней были расставлены всякие книжки с картинками. А на две нижние полки Мари и Фриц могли ставить всё, что хотели: на одной Мари обычно устраивала комнатки для своих кукол, а на другой Фриц расквартировывал своих солдат.

Так и сегодня: Фриц поставил наверх своих гусар, а Мари, отложив в сторону старую куклу Трудхен, устроила премилую комнату для новой подаренной ей куколки и сама пришла к ней на новоселье. Комнатка была так хорошо меблирована, что я даже не знаю, был ли у тебя, моя маленькая читательница, такой прекрасный диванчик, такие прелестные стульчики, такой чайный столик, а главное, такая мягкая чистая кроватка, на которой устроилась новая куколка. Всё это стояло в углу шкафа, стены которого были увешаны прекрасными картинками, и можно было себе представить, с каким удовольствием поселилась тут кукла Клерхен, как назвала ее Мари.

Между тем наступил поздний вечер. Стрелка показывала двенадцатый час, крестный Дроссельмейер давно ушел домой, а дети всё еще не могли расстаться с игрушками, и матери пришлось им напомнить, что пора отправляться спать.

— И то правда, — согласился Фриц, — надо дать покой моим гусарам, а то ведь они, бедняги, не посмеют лечь, пока я тут.

С этими словами он ушел. А Мари попросила маму позволить ей остаться еще хоть на одну минутку, сказав, что ей еще надо успеть закончить свои дела, а потом она сразу же пойдет спать. Мари была очень разумная и послушная девочка, а потому мама могла, нисколько не боясь, оставить ее одну с игрушками. А чтобы она, заигравшись с новыми куклами, не забыла погасить свет, мама сама задула все свечи, оставив гореть одну лампу, висевшую в комнате и освещавшую всё бледным, мерцающим светом.

— Поскорее отправляйся спать, Мари, — сказала мама, уходя в свою комнату, — если ты поздно ляжешь, завтра тебе трудно будет вставать.

Оставшись одна, Мари поспешила заняться делом, которое ее очень тревожило, именно для этого она и просила позволить ей остаться. Больной Щелкунчик всё еще был у нее на руках, завернутый в носовой платок. Осторожно положив бедняжку на стол и бережно развернув платок, Мари стала осматривать его раны. Щелкунчик был очень бледен, но при этом, казалось, так ласково улыбался Мари, что тронул ее до глубины души.

— Ах, мой милый Щелкунчик! — сказала она. — Ты не сердись на брата Фрица за то, что он тебя ранил: Фриц немного огрубел от суровой солдатской службы, и всё же он очень добрый мальчик, я тебя уверяю. Теперь я буду за тобой ухаживать, пока ты не выздоровеешь. Крестный Дроссельмейер вставит тебе новые зубы и поправит плечо — он на такие штуки мастер...

Но как же удивилась и испугалась Мари, когда увидела, что при имени Дроссельмейера лицо Щелкунчика искривилось и в глазах его мелькнули колючие зеленые огоньки. Не успела Мари прийти в себя, как увидела, что лицо Щелкунчика опять приняло свое доброе, ласковое выражение.

— Ах, какая же я глупенькая девочка, что так испугалась! Разве может корчить гримасы деревянная куколка? Но я все-таки люблю Щелкунчика за то, что он такой добрый, хотя и смешной, и буду за ним ухаживать как следует.

Мари взяла бедняжку на руки, подошла с ним к шкафу и сказала своей новой кукле:

— Будь умницей, Клерхен, уступи свою постель бедному больному Щелкунчику, а тебя я уложу на диван — ведь ты здорова. Посмотри, какие у тебя румяные щеки, да и не у всякой куклы есть такой прекрасный диван.

Мари показалось, что Клерхен, сидя в своем великолепном платье, немножко надула губки при этом предложении.

— И чего я церемонюсь! — сказала Мари и, взяв кроватку, уложила на нее своего больного друга, перевязав ему раненое плечо ленточкой, снятой с собственного платья, и прикрыла одеялом до самого носа.

«Незачем ему оставаться со злючкой Клерхен», — подумала Мари и переставила кровать вместе с Щелкунчиком на верхнюю полку, как раз возле живописной деревни, где

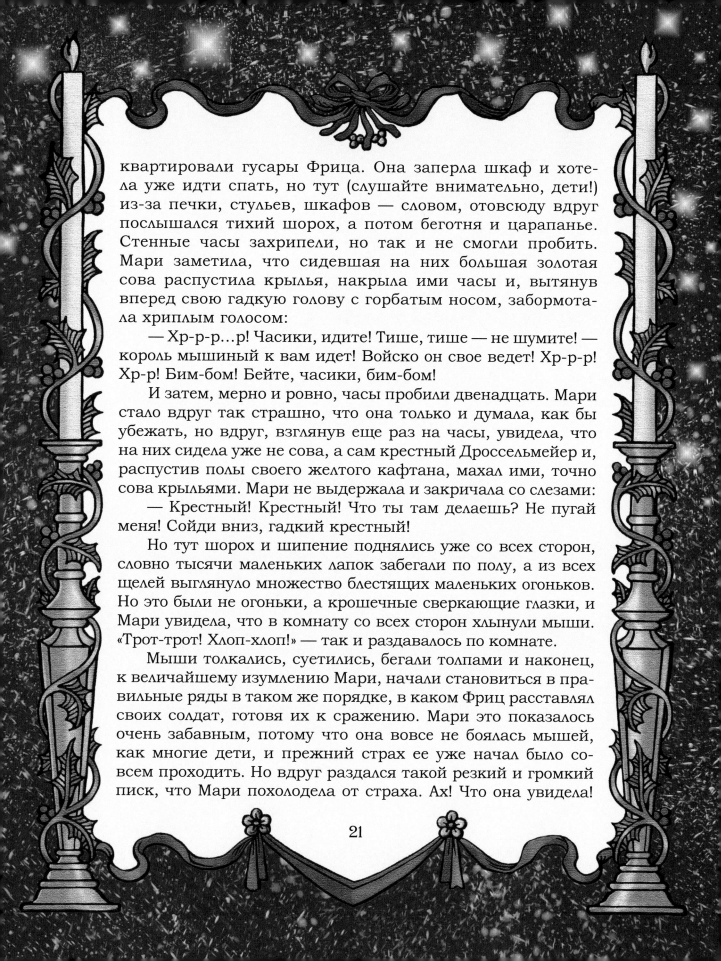

квартировали гусары Фрица. Она заперла шкаф и хотела уже идти спать, но тут (слушайте внимательно, дети!) из-за печки, стульев, шкафов — словом, отовсюду вдруг послышался тихий шорох, а потом беготня и царапанье. Стенные часы захрипели, но так и не смогли пробить. Мари заметила, что сидевшая на них большая золотая сова распустила крылья, накрыла ими часы и, вытянув вперед свою гадкую голову с горбатым носом, забормотала хриплым голосом:

— Хр-р-р...р! Часики, идите! Тише, тише — не шумите! — король мышиный к вам идет! Войско он свое ведет! Хр-р-р! Хр-р! Бим-бом! Бейте, часики, бим-бом!

И затем, мерно и ровно, часы пробили двенадцать. Мари стало вдруг так страшно, что она только и думала, как бы убежать, но вдруг, взглянув еще раз на часы, увидела, что на них сидела уже не сова, а сам крестный Дроссельмейер и, распустив полы своего желтого кафтана, махал ими, точно сова крыльями. Мари не выдержала и закричала со слезами:

— Крестный! Крестный! Что ты там делаешь? Не пугай меня! Сойди вниз, гадкий крестный!

Но тут шорох и шипение поднялись уже со всех сторон, словно тысячи маленьких лапок забегали по полу, а из всех щелей выглянуло множество блестящих маленьких огоньков. Но это были не огоньки, а крошечные сверкающие глазки, и Мари увидела, что в комнату со всех сторон хлынули мыши. «Трот-трот! Хлоп-хлоп!» — так и раздавалось по комнате.

Мыши толкались, суетились, бегали толпами и наконец, к величайшему изумлению Мари, начали становиться в правильные ряды в таком же порядке, в каком Фриц расставлял своих солдат, готовя их к сражению. Мари это показалось очень забавным, потому что она вовсе не боялась мышей, как многие дети, и прежний страх ее уже начал было совсем проходить. Но вдруг раздался такой резкий и громкий писк, что Мари похолодела от страха. Ах! Что она увидела!

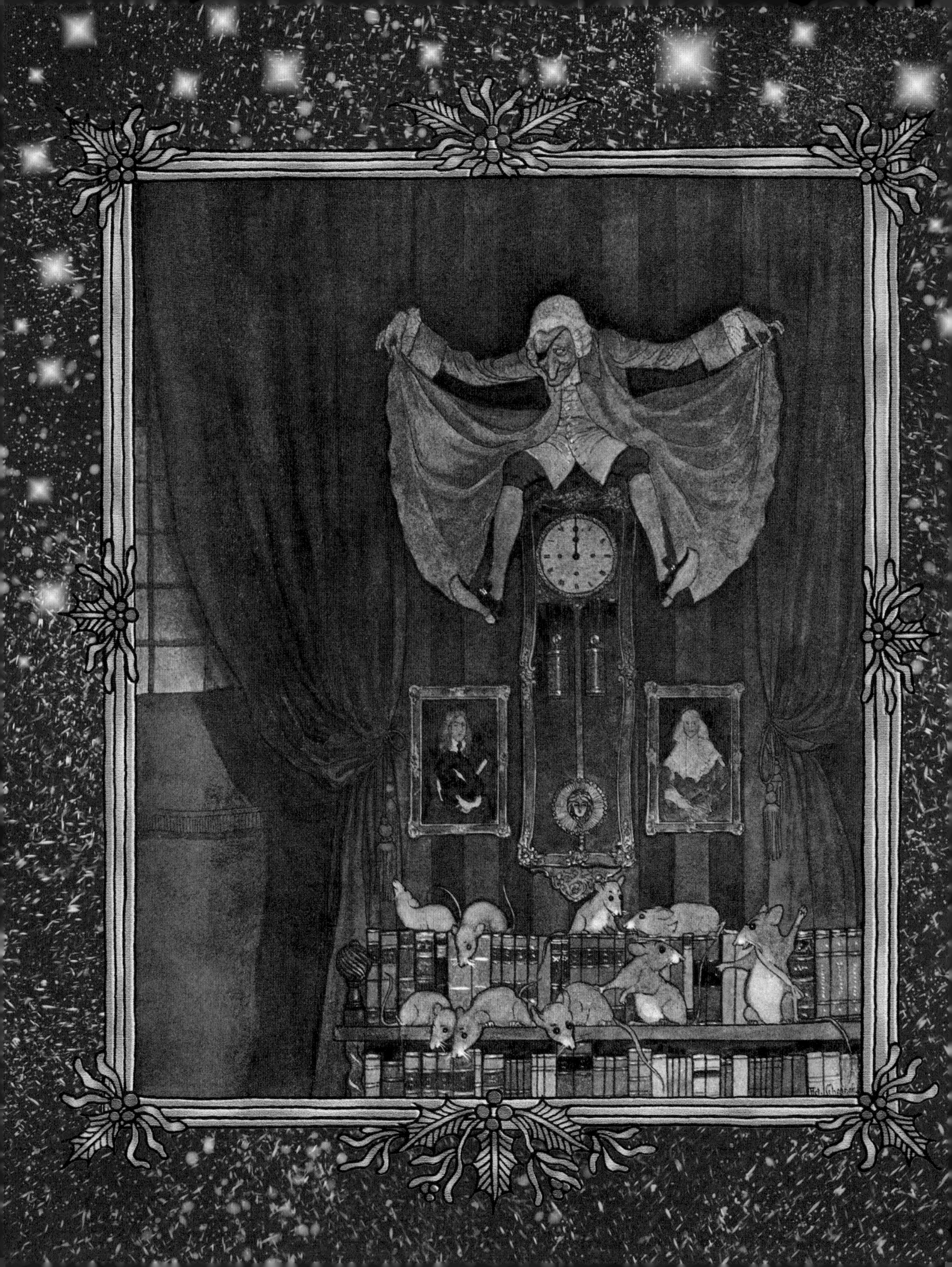

Нет, мой маленький читатель! Хотя я и уверен, что у тебя, так же как и у храброго Фрица Штальбаума, мужественное сердце, всё же, если бы ты увидел то, что увидела Мари, наверняка убежал бы со всех ног, прыгнул в свою постель и зарылся с головой в одеяло. Но бедная Мари не могла сделать даже этого! Вы только послушайте, дети! Как раз возле нее из большой щели в полу вдруг вылетело несколько кусочков известки, песка и камешков, словно от подземного толчка, и вслед затем выглянуло целых семь мышиных голов с золотыми коронами, и — только представьте себе — все эти семь голов сидели на одном туловище! Огромная семиголовая мышь с золотыми коронами выбралась наконец из щели и сразу же поскакала вокруг выстроившегося мышиного войска, которое встречало ее громким, торжественным писком, после чего всё воинство двинулось к шкафу — как раз туда, где стояла Мари.

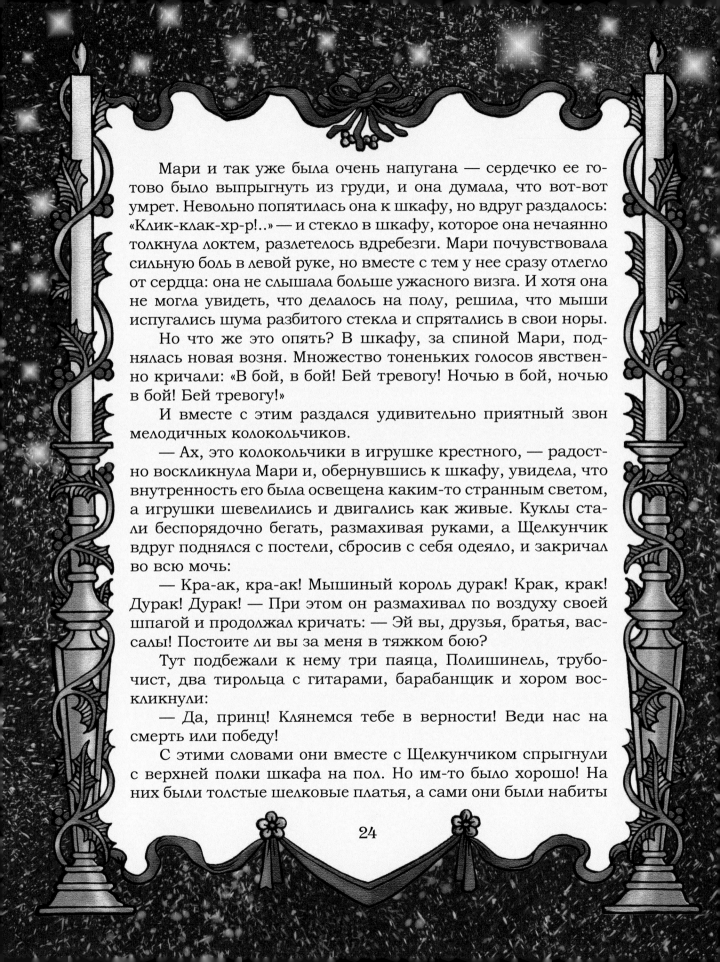

Мари и так уже была очень напугана — сердечко ее готово было выпрыгнуть из груди, и она думала, что вот-вот умрет. Невольно попятилась она к шкафу, но вдруг раздалось: «Клик-клак-хр-р!..» — и стекло в шкафу, которое она нечаянно толкнула локтем, разлетелось вдребезги. Мари почувствовала сильную боль в левой руке, но вместе с тем у нее сразу отлегло от сердца: она не слышала больше ужасного визга. И хотя она не могла увидеть, что делалось на полу, решила, что мыши испугались шума разбитого стекла и спрятались в свои норы.

Но что же это опять? В шкафу, за спиной Мари, поднялась новая возня. Множество тоненьких голосов явственно кричали: «В бой, в бой! Бей тревогу! Ночью в бой, ночью в бой! Бей тревогу!»

И вместе с этим раздался удивительно приятный звон мелодичных колокольчиков.

— Ах, это колокольчики в игрушке крестного, — радостно воскликнула Мари и, обернувшись к шкафу, увидела, что внутренность его была освещена каким-то странным светом, а игрушки шевелились и двигались как живые. Куклы стали беспорядочно бегать, размахивая руками, а Щелкунчик вдруг поднялся с постели, сбросив с себя одеяло, и закричал во всю мочь:

— Кра-ак, кра-ак! Мышиный король дурак! Крак, крак! Дурак! Дурак! — При этом он размахивал по воздуху своей шпагой и продолжал кричать: — Эй вы, друзья, братья, вассалы! Постоите ли вы за меня в тяжком бою?

Тут подбежали к нему три паяца, Полишинель, трубочист, два тирольца с гитарами, барабанщик и хором воскликнули:

— Да, принц! Клянемся тебе в верности! Веди нас на смерть или победу!

С этими словами они вместе с Щелкунчиком спрыгнули с верхней полки шкафа на пол. Но им-то было хорошо! На них были толстые шелковые платья, а сами они были набиты ватой и опилками, так что, легко плюхнувшись на пол, нисколько не ушиблись. А каково было спрыгнуть с такой высоты бедному Щелкунчику, сделанному из дерева?! Бедняга, наверное, переломал бы себе руки и ноги, если бы в ту самую секунду, как он прыгал, кукла Клерхен, вскочив со своего дивана, не приняла героя в свои нежные объятия.

— Ах, моя милая, добрая Клерхен! — воскликнула Мари. — Как я тебя обидела, подумав, что ты неохотно уступила свою постель Щелкунчику.

Клерхен же, прижимая героя к своей шелковой груди, говорила:

— О принц! Неужели вы, такой раненый и больной, хотите идти в бой? Останьтесь! Лучше смотрите отсюда, как будут драться, а потом вернутся с победой ваши храбрые вассалы! Паяц, Полишинель, трубочист, тиролец и барабанщик уже внизу, а остальные войска вооружаются на верхней полке. Умоляю вас, принц, останьтесь со мной!

Но Щелкунчик вел себя весьма странным образом: он так барахтался и болтал ножками, что она вынуждена была опустить его на пол. В ту же минуту он ловко упал перед ней на одно колено и сказал:

— О сударыня! Верьте, что ни на одну минуту не забуду я в битве вашего ко мне участия и милости!

Клерхен нагнулась, взяла его за руку, сняла свой украшенный блестками пояс и хотела повязать им стоявшего на коленях Щелкунчика, но он, быстро отпрыгнув, положил руку на сердце и сказал торжественным тоном:

— Нет, сударыня, не этим! — и, сорвав ленту, которой Мари перевязала его рану, прижал ее к губам, а затем, надев ее как рыцарскую перевязь, спрыгнул с края полки на пол, размахивая своей блестящей шпагой.

Вы, конечно, давно заметили, мои маленькие читатели, что Щелкунчик еще до того, как по-настоящему ожил, чрезвычайно глубоко ценил внимание и любовь Мари, и только поэтому он не взял ленту Клерхен, хотя та так прекрасно сверкала. Доброму, верному Щелкунчику была гораздо дороже простенькая ленточка Мари!

Однако что-то будет, что-то будет!

Едва Щелкунчик спрыгнул на пол, как писк и беготня мышей возобновились с новой силой. Вся их жадная, густая толпа собралась под большим круглым столом, а впереди всех скакала и прыгала противная мышь с семью головами!

Что-то будет! Что-то будет!

Сражение

— Бей походный марш, барабанщик! — громко крикнул Щелкунчик, и в тот же миг барабанщик начал выбивать такую сильную дробь, что задрожали стекла в шкафу.

Затем внутри его что-то застучало, задвигалось, и Мари увидела, что крышки ящиков, в которых были расквартированы войска Фрица, отворились, и солдаты, торопясь и толкая друг друга, впопыхах стали прыгать с верхней полки на пол, строясь там в правильные ряды. Щелкунчик носился вдоль выстроившихся рядов, ободряя и воодушевляя солдат.

— Чтобы все трубачи были на своих местах! — крикнул он сурово и затем, обратившись к побледневшему Полишинелю, у которого заметно дрожал подбородок, торжественно сказал:

— Генерал! Я знаю вашу храбрость и опытность; вы понимаете, что мы не должны терять ни одной минуты! Я поручаю вам командование всей кавалерией и артиллерией. Самому вам лошадь не нужна: у вас такие длинные ноги, что вы легко поскачете на своих двоих. Исполняйте же свой долг!

Полишинель тотчас приложил ко рту свои длинные пальцы и так пронзительно свистнул, что и сто трубачей не смогли бы затрубить громче. Ржание и топот раздались из шка-

фа ему в ответ; кирасиры, драгуны, а главное, новые блестящие гусары Фрица, вскочив на лошадей, мигом спрыгнули на пол и выстроились в ряды. Знамена распустились, и скоро вся армия, возглавляемая Щелкунчиком, заняла под громкий военный марш правильную боевую позицию на середине комнаты. Пушки с артиллеристами, тяжело гремя, выкатились вперед. «Бум! Бум!» — раздался первый залп, и Мари увидела, как ядра из драже полетели в самую гущу врагов, обсыпав их добела сахаром, — казалось, что мыши были очень сконфужены. Особенно много вреда наносила им тяжелая батарея, поставленная на мамину скамейку для ног и обстреливавшая их градом твердых круглых пряников, от которых они с писком разбегались в разные стороны.

Однако основная их масса придвигалась всё ближе и ближе, и даже некоторые пушки были уже ими взяты, но тут от дыма выстрелов и возни поднялась такая густая пыль, что Мари не могла ничего различить. Ясно было только то,

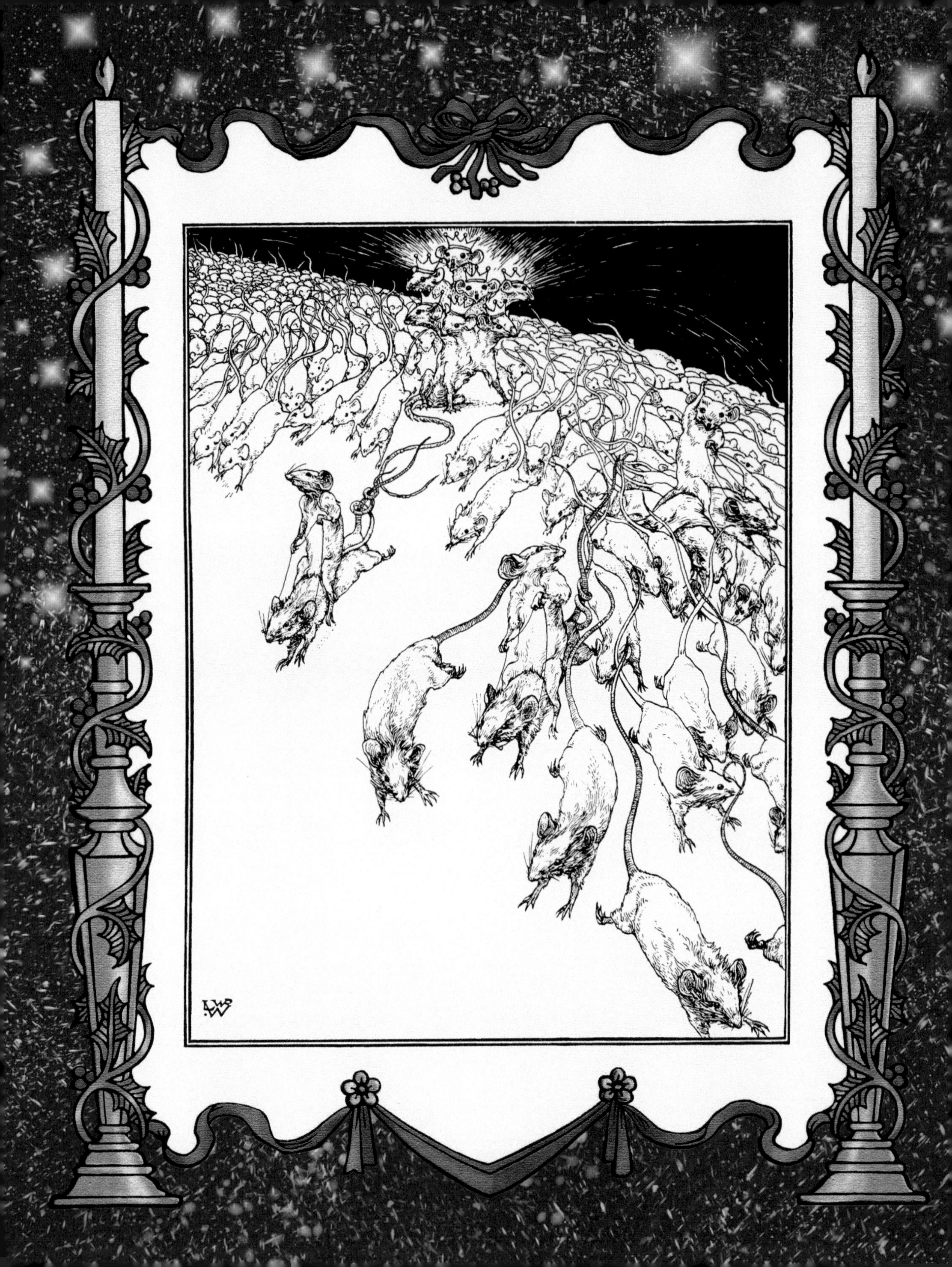

что обе армии сражались с необыкновенной храбростью и победа переходила то на одну, то на другую сторону. Толпы мышей всё прибывали, и их маленькие серебряные ядра, которыми они стреляли необыкновенно искусно, долетали уже до шкафа. Трудхен и Клерхен сидели, прижавшись друг к другу, и в отчаянии ломали руки.

— О, неужели я должна умереть вот так, во цвете лет! Я! Самая красивая кукла! — воскликнула Клерхен.

— Для того ли я так долго и бережно хранилась, чтобы погибнуть здесь, в четырех стенах! — перебила Трудхен. И, бросившись друг другу в объятия, они зарыдали так громко, что их можно было слышать даже сквозь шум сражения.

А то, что делалось на поле битвы, ты, любезный читатель, не мог бы себе даже представить! «Пр-р-р! Пиф-паф, пуф! Трах, тарарах! Бим, бом, бум!» — так и раздавалось по комнате, и сквозь эту страшную канонаду слышались крик и визг мышиного короля и его мышей да грозный голос Щелкунчика, раздававшего приказания и храбро ведшего в бой свои батальоны. Полишинель сделал несколько блестящих кавалерийских атак, покрыв себя неувядаемой славой, но вдруг артиллерия мышей забросала гусаров Фрица отвратительными, зловонными ядрами, которые так перепачкали их новенькие мундиры, что те отказались сражаться дальше. Полишинель вынужден был скомандовать отступление и, вдохновившись ролью полководца, отдал такой же приказ кирасирам и драгунам, а под конец и самому себе, так что вся кавалерия, обернувшись к неприятелю тылом, со всех ног пустилась бежать. Этим они поставили в большую опасность стоявшую на маминой скамейке батарею; и действительно, не прошло и минуты, как густая толпа мышей, бросившись с победным кличем, сумела опрокинуть скамейку, так что пушки, артиллеристы, прислуга — словом, всё покатилось по полу. Щелкунчику пришлось скомандовать отступление на правом фланге.

Ты, без сомнения знаешь, мой воинственный читатель, что отступление означает почти то же, что и бегство, и я уже вижу, как ты опечален, предугадывая несчастье, грозящее армии бедного, так любимого Мари Щелкунчика. Но погоди! Позабудь ненадолго это горе и полюбуйся левым флангом, где пока всё еще в порядке, и надежда по-прежнему воодушевляет и солдат, и полководца. В самый разгар боя кавалерийский отряд мышей успел сделать засаду под комодом и, вдруг выскочив оттуда, с гиком и свистом бросился на левый фланг Щелкунчика, но какое же сопротивление встретили они! С быстротой, какую только позволяла труднопроходимая местность (ведь надо было перелезать через порог шкафа), мгновенно сформировался отряд добровольцев под предводительством двух китайских императоров и построился в каре. Этот храбрый, хотя и пестрый отряд, состоявший из садовников, тирольцев, тунгусов, парикмахеров, арлекинов, купидонов, львов, тигров, морских котиков, обезьян и т. п., с истинно спартанской храбростью бросился в бой и уже почти вырвал победу из рук врага... Но вдруг какой-то дикий, необузданный вражеский всадник, яростно бросившись на одного из китайских императоров, откусил ему голову, а тот, падая, задавил двух тунгусов и одного морского котика. Таким образом, в каре была пробита брешь, через которую стремительно прорвался неприятель и в один миг перекусил весь отряд.

Не обошлось, правда, без потерь и для мышей: как только кровожадный солдат мышиной кавалерии перегрызал пополам одного из своих отважных противников, прямо в горло ему попадала бумажка, от чего он умирал на месте. Но всё это мало помогло армии Щелкунчика, который, отступая всё дальше и дальше, всё больше терял солдат и остался, наконец, с небольшой кучкой героев возле самого шкафа.

— Резервы! Скорее резервы! Полишинель! Паяц! Барабанщик! Где вы? — отчаянно кричал Щелкунчик, надеясь на помощь еще оставшихся в шкафу войск.

На зов его выскочили несколько пряничных кавалеров и дам с золотыми лицами, шляпами и шлемами, но они сражались так неумело, что почти не попадали во врагов, а, наоборот, сбили шляпу с самого Щелкунчика. Неприятельские егеря скоро отгрызли им ноги, и они, падая, увлекли за собой даже последних защитников Щелкунчика. Тут его окружили со всех сторон, и он оказался в величайшей опасности, так как не мог своими короткими ногами перескочить через порог шкафа и спастись бегством. Клерхен и Трудхен лежали в обмороке и не могли ему помочь. Гусары и драгуны прыгали в шкаф, не обращая на него никакого внимания. В отчаянии закричал Щелкунчик:

— Коня! Коня! Полцарства за коня!

В эту минуту два вражеских стрелка вцепились в его деревянный плащ; мышиный король, радостно оскалив зубы в своих семи ртах, прыгнул к нему, а Мари, заливаясь слезами, могла только вскрикнуть:

— О мой бедный Щелкунчик! — и, не отдавая себе отчета в том, что делает, сняла с левой ноги башмачок и бросила его изо всех сил в самую гущу мышей.

В тот же миг всё рассыпалось, словно прах; Мари почувствовала сильную боль в левой руке и упала в обморок.

Болезнь

Очнувшись, точно от тяжелого сна, Мари увидела, что лежит в своей постели, а сквозь обледенелые оконные стекла льется в комнату солнечный свет.

Возле нее сидел, как ей сначала показалось, какой-то незнакомый господин, но скоро она узнала в нем хирурга Вендельштерна. Он сказал тихонько:

— Ну вот, она очнулась.

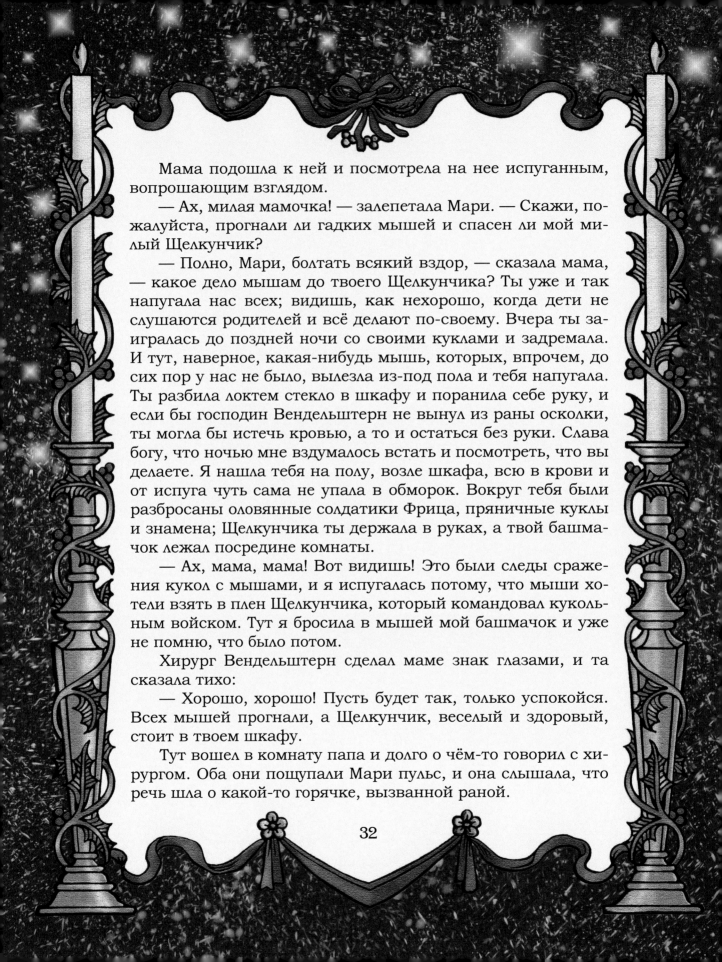

Мама подошла к ней и посмотрела на нее испуганным, вопрошающим взглядом.

— Ах, милая мамочка! — залепетала Мари. — Скажи, пожалуйста, прогнали ли гадких мышей и спасен ли мой милый Щелкунчик?

— Полно, Мари, болтать всякий вздор, — сказала мама, — какое дело мышам до твоего Щелкунчика? Ты уже и так напугала нас всех; видишь, как нехорошо, когда дети не слушаются родителей и всё делают по-своему. Вчера ты заигралась до поздней ночи со своими куклами и задремала. И тут, наверное, какая-нибудь мышь, которых, впрочем, до сих пор у нас не было, вылезла из-под пола и тебя напугала. Ты разбила локтем стекло в шкафу и поранила себе руку, и если бы господин Вендельштерн не вынул из раны осколки, ты могла бы истечь кровью, а то и остаться без руки. Слава богу, что ночью мне вздумалось встать и посмотреть, что вы делаете. Я нашла тебя на полу, возле шкафа, всю в крови и от испуга чуть сама не упала в обморок. Вокруг тебя были разбросаны оловянные солдатики Фрица, пряничные куклы и знамена; Щелкунчика ты держала в руках, а твой башмачок лежал посредине комнаты.

— Ах, мама, мама! Вот видишь! Это были следы сражения кукол с мышами, и я испугалась потому, что мыши хотели взять в плен Щелкунчика, который командовал кукольным войском. Тут я бросила в мышей мой башмачок и уже не помню, что было потом.

Хирург Вендельштерн сделал маме знак глазами, и та сказала тихо:

— Хорошо, хорошо! Пусть будет так, только успокойся. Всех мышей прогнали, а Щелкунчик, веселый и здоровый, стоит в твоем шкафу.

Тут вошел в комнату папа и долго о чём-то говорил с хирургом. Оба они пощупали Мари пульс, и она слышала, что речь шла о какой-то горячке, вызванной раной.

32

Несколько дней ей пришлось лежать в постели и принимать лекарства, хотя она, если не считать боли в локте, почти не чувствовала недомогания. Она была спокойна, ведь Щелкунчик спасся, но нередко во сне она слышала его голос, который говорил: «О моя милая, прекрасная Мари! Как я вам благодарен! Но вы можете еще многое для меня сделать!»

Мари долго думала, что бы это могло значить, но никак не могла придумать. Играть она не могла из-за больной руки, а читать и смотреть картинки ей не позволяли, потому что у нее при этом рябило в глазах. Потому время тянулось для нее бесконечно долго, и она не могла дождаться сумерек, когда мама садилась у ее кровати и начинала ей рассказывать или читать чудесные сказки.

Однажды, когда мама только что закончила сказку про принца Факардина, дверь отворилась, и в комнату вошел крестный Дроссельмейер со словами:

— Ну-ка дайте мне посмотреть на нашу бедную больную Мари!

Мари, как только увидела крестного в его желтом сюртуке, тотчас со всей живостью вспомнила ту ночь, когда Щелкунчик проиграл свою битву с мышами, и громко воскликнула:

— Крестный, крестный! Какой же ты был злой и гадкий, когда сидел на часах и закрывал их полами камзола, чтоб они не били громко и не испугали мышей! Я слышала, как ты звал мышиного короля! Зачем ты не помог Щелкунчику, не помог мне, гадкий крестный? Теперь ты один виноват, что я лежу раненая и больная!

— Что с тобой, Мари? — спросила испуганно мама, но крестный вдруг скорчил какую-то престранную гримасу и забормотал нараспев:

— Тири-бири, тири-бири! Натяните крепче гири! Бейте часики тик-тук! Тик да тук, да тик да тук! Бим-бом, бим-бам! Клинг-кланг, клинг-кланг! Бейте часики сильней! Прогоните всех мышей! Хинк-ханк, хинк-ханк! Мыши, мыши, прибегайте! Глупых девочек хватайте! Клинг-кланг, клинг-кланг! Тири-бири, тири-бири! Натяните крепче гири! Прр-пурр, прр-пурр! Шнарр-шнурр, шнарр-шнурр!

Мари широко открытыми глазами уставилась на крестного, который показался ей еще некрасивее, чем обычно, и который размахивал в такт руками, точно картонный плясун, когда его дергают за веревочку. Мари стало бы даже немножко страшно, если бы тут не сидела мама и если бы Фриц, пришедший в комнату, громко не расхохотался, увидев Дроссельмейера:

— Крестный, крестный! — закричал он. — Ты опять дурачишься! Знаешь, ты теперь очень похож на моего паяца, которого я забросил за печку.

Мама закусила губу, глядя на Дроссельмейера, и сказала:

— Послушайте, советник, что это, в самом деле, за неуместные шутки?

— О Господи, — рассмеялся советник, — разве вы не знаете моей песенки часовщика? Я ее всегда напеваю таким больным, как Мари.

Тут он сел к Мари на кровать и сказал:

— Ну-ну, не сердись, что я не выцарапал мышиному королю все его четырнадцать глаз. За это я теперь тебя порадую.

С этими словами крестный полез в карман, и что же он оттуда тихонько вынул? Щелкунчика! Милого Щелкунчика, которому он успел уже вставить новые крепкие зубы и починить разбитую челюсть.

Мари в восторге захлопала в ладоши, а мама сказала:

— Видишь, как крестный любит твоего Щелкунчика.

— Ну само собой, — возразил крестный. — Видишь, Мари, теперь у твоего Щелкунчика новые зубы, а ведь он не стал красивее прежнего. Хочешь, я тебе расскажу, почему он сделался таким некрасивым? Впрочем, может быть, ты

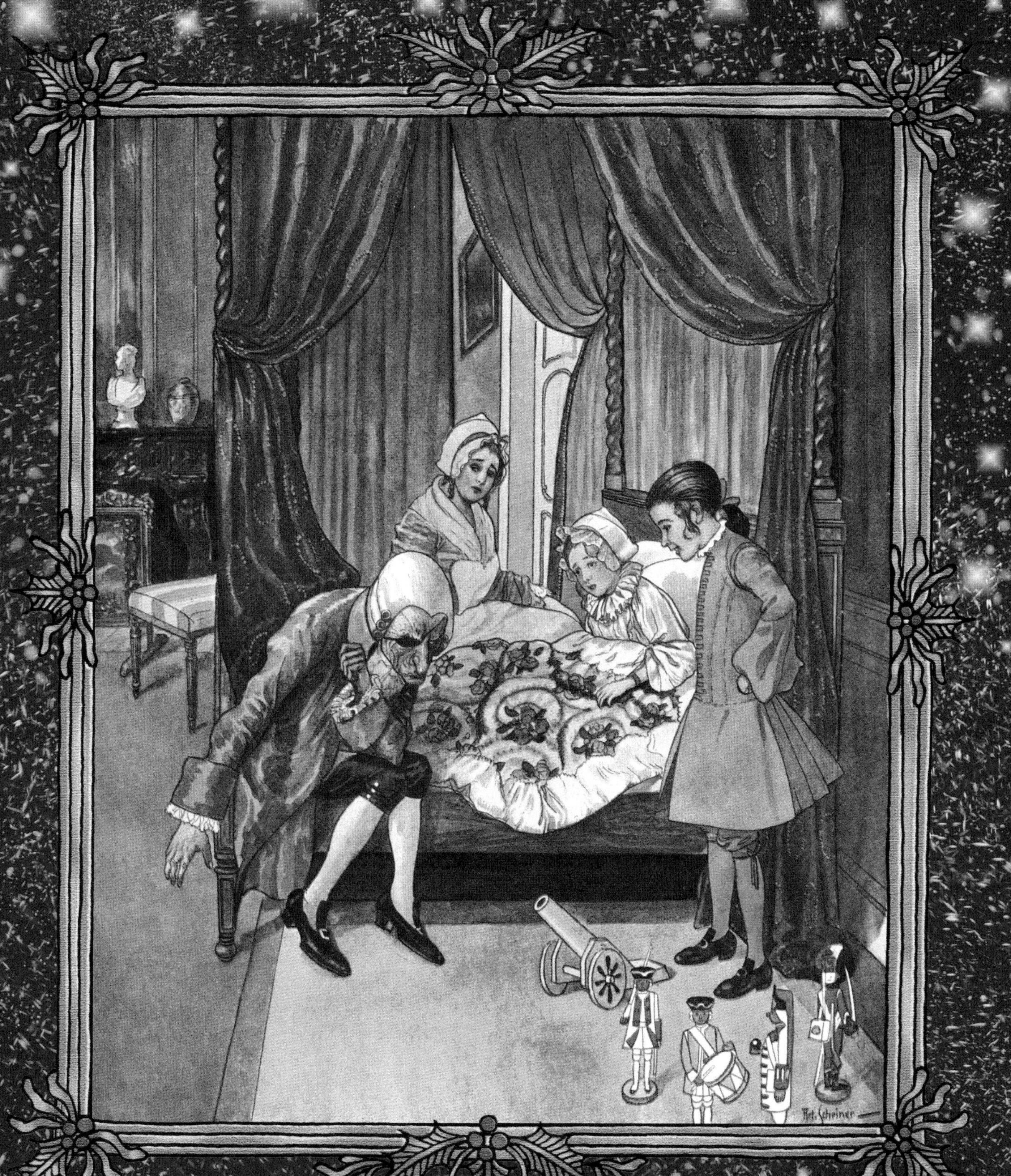
Art. Scheiner

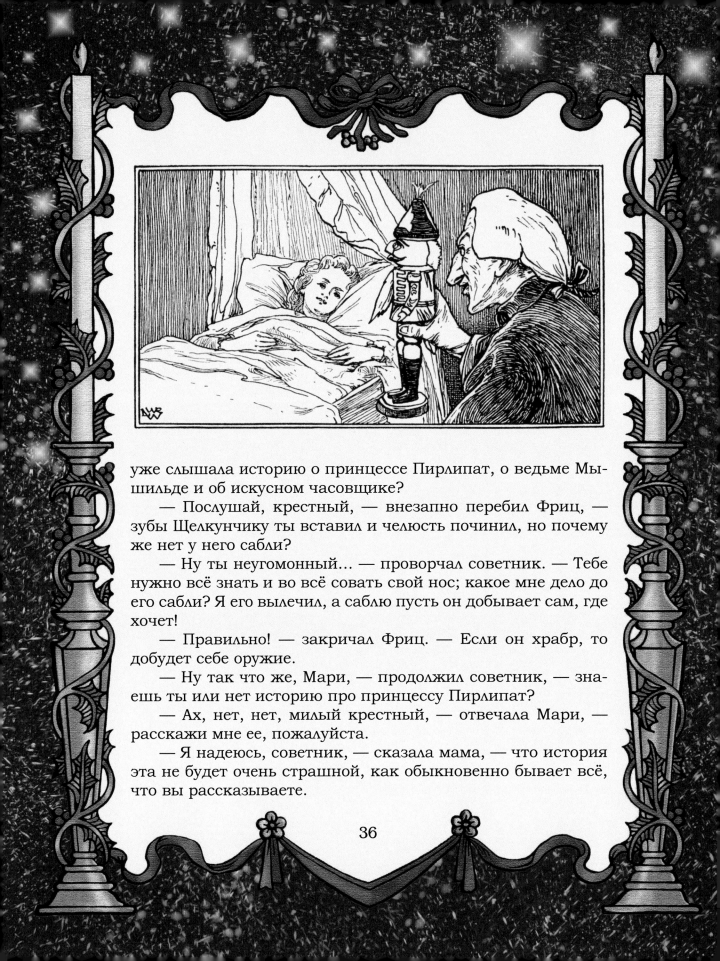

уже слышала историю о принцессе Пирлипат, о ведьме Мышильде и об искусном часовщике?

— Послушай, крестный, — внезапно перебил Фриц, — зубы Щелкунчику ты вставил и челюсть починил, но почему же нет у него сабли?

— Ну ты неугомонный... — проворчал советник. — Тебе нужно всё знать и во всё совать свой нос; какое мне дело до его сабли? Я его вылечил, а саблю пусть он добывает сам, где хочет!

— Правильно! — закричал Фриц. — Если он храбр, то добудет себе оружие.

— Ну так что же, Мари, — продолжил советник, — знаешь ты или нет историю про принцессу Пирлипат?

— Ах, нет, нет, милый крестный, — отвечала Мари, — расскажи мне ее, пожалуйста.

— Я надеюсь, советник, — сказала мама, — что история эта не будет очень страшной, как обыкновенно бывает всё, что вы рассказываете.

— О, нисколько, дорогая госпожа Штальбаум, — возразил советник, — напротив, она будет очень забавной.

— Рассказывай, крестный, рассказывай, — воскликнули дети, и советник начал так:

Сказка о крепком орехе

Мать принцессы Пирлипат была женой короля, а потому Пирлипат, когда родилась, сразу стала принцессой. Король-отец был в таком восторге от рождения славной дочки, что даже прыгал около ее люльки на одной ноге, приговаривая:

— Гей-да! Видал ли кто-нибудь девочку милее моей Пирлипатхен?

И все министры, генералы и придворные, прыгая вслед за королем на одной ноге, отвечали хором:

— Не видали, не видали!

И это не было ложью, потому что действительно трудно было найти во всём свете ребенка прелестнее новорожденной принцессы. Личико ее было точно белоснежная лилия

с приставшими к ней лепестками роз, глазки сверкали, как голубые звездочки, а волосы вились прелестнейшими золотыми колечками. Ко всему этому надо прибавить, что Пирлипатхен родилась с прелестными жемчужными зубками, и когда спустя два часа после ее рождения рейхканцлер хотел пощупать ее десны, она так больно укусила его за палец, что он завопил: «Ай-ай-ай!» Правда, некоторые придворные уверяли, что он закричал: «Ой-ой-ой!» — но вопрос этот до сих пор еще не решен окончательно. Бесспорно одно: малышка укусила рейхканцлера за палец, и вся страна разом уверилась в раннем уме и редких способностях принцессы.

Рождение ее, как уже было сказано, обрадовало решительно всех, и одна только королева вдруг стала, неизвестно почему, грустна и задумчива. Замечательно и то, что она с особенной тщательностью приказала оберегать колыбель новорожденной. Мало того что у самых дверей ее комнаты стояли на страже драбанты и что у колыбели всегда сидели две няньки, королева приказала, чтобы еще шесть нянек постоянно дежурили в той же комнате. Но чего уже решительно никто не мог понять, так это то, почему каждая из этих шести нянек должна была держать на коленях по коту и всю ночь гладить его, заставляя мурлыкать. Вы, милые дети, ни за что бы не догадались, зачем королева-мать ввела такие порядки, но я это знаю и сейчас вам расскажу.

Раз ко двору отца Пирлипат съехалось много прекрасных принцев и королей, чему он был очень рад и всячески старался развеселить своих гостей всевозможными забавами, театрами, рыцарскими турнирами, балами и т. п. Желая показать, что в царстве его нет недостатка в золоте и серебре, он велел не скупиться и провести достойное празднество. Посоветовавшись с главным кухмистером, король решил задать своим гостям пир на славу и угостить их самой чудесной колбасой, какая только есть на свете. Сказано — сделано! Мигом сел король в карету и поскакал звать гостей

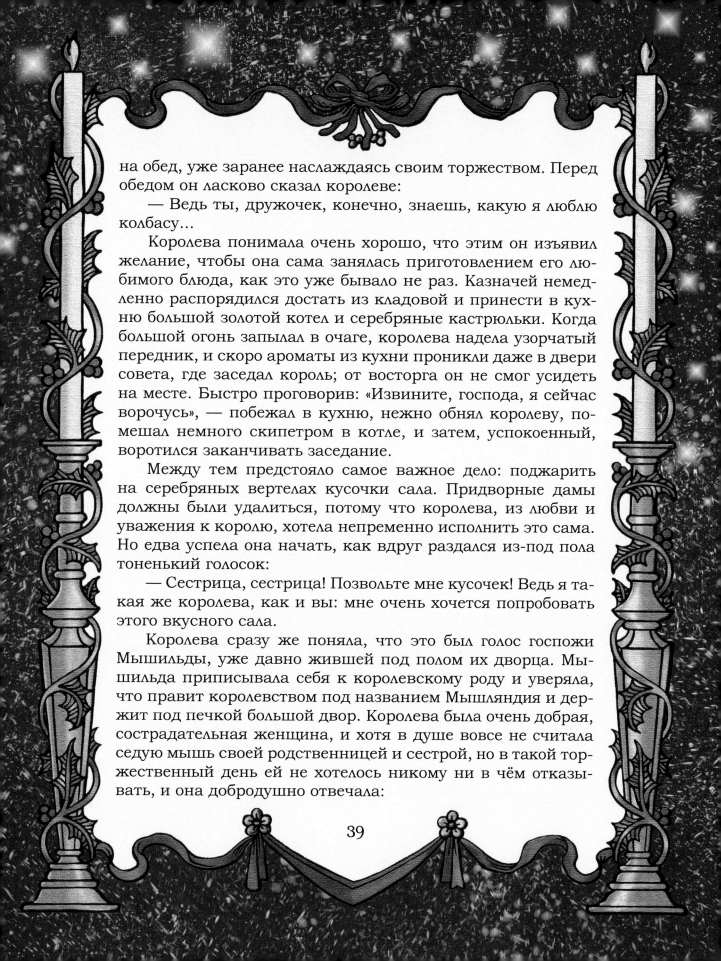

на обед, уже заранее наслаждаясь своим торжеством. Перед обедом он ласково сказал королеве:

— Ведь ты, дружочек, конечно, знаешь, какую я люблю колбасу...

Королева понимала очень хорошо, что этим он изъявил желание, чтобы она сама занялась приготовлением его любимого блюда, как это уже бывало не раз. Казначей немедленно распорядился достать из кладовой и принести в кухню большой золотой котел и серебряные кастрюльки. Когда большой огонь запылал в очаге, королева надела узорчатый передник, и скоро ароматы из кухни проникли даже в двери совета, где заседал король; от восторга он не смог усидеть на месте. Быстро проговорив: «Извините, господа, я сейчас ворочусь», — побежал в кухню, нежно обнял королеву, помешал немного скипетром в котле, и затем, успокоенный, воротился заканчивать заседание.

Между тем предстояло самое важное дело: поджарить на серебряных вертелах кусочки сала. Придворные дамы должны были удалиться, потому что королева, из любви и уважения к королю, хотела непременно исполнить это сама. Но едва успела она начать, как вдруг раздался из-под пола тоненький голосок:

— Сестрица, сестрица! Позвольте мне кусочек! Ведь я такая же королева, как и вы: мне очень хочется попробовать этого вкусного сала.

Королева сразу же поняла, что это был голос госпожи Мышильды, уже давно жившей под полом их дворца. Мышильда приписывала себя к королевскому роду и уверяла, что правит королевством под названием Мышляндия и держит под печкой большой двор. Королева была очень добрая, сострадательная женщина, и хотя в душе вовсе не считала седую мышь своей родственницей и сестрой, но в такой торжественный день ей не хотелось никому ни в чём отказывать, и она добродушно отвечала:

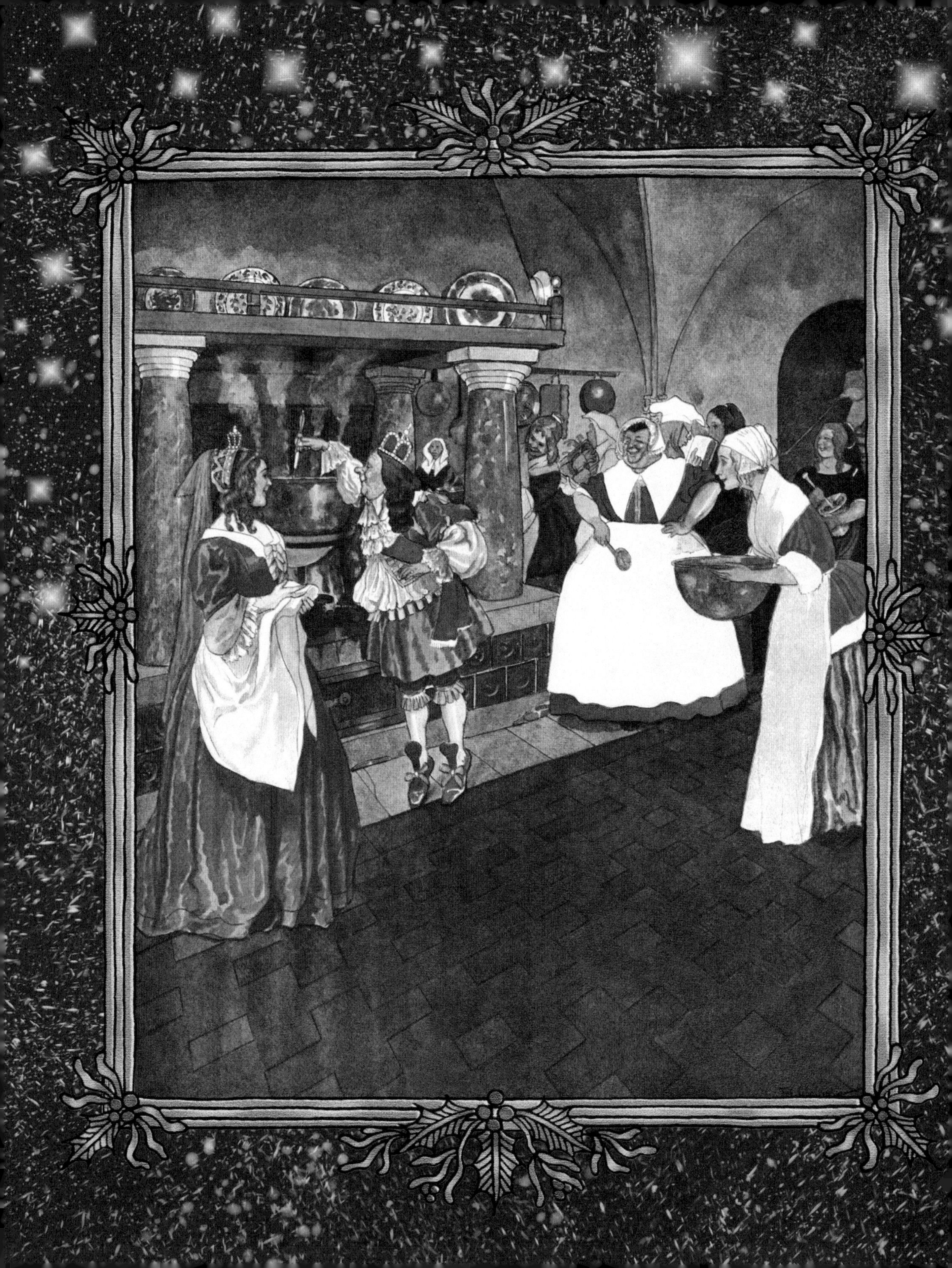

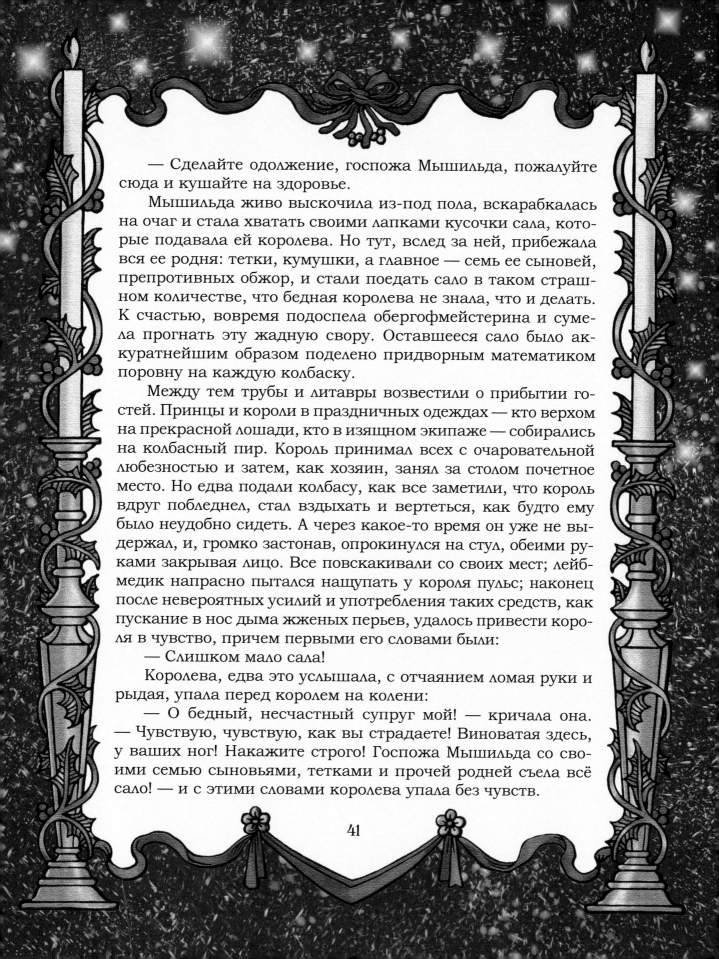

— Сделайте одолжение, госпожа Мышильда, пожалуйте сюда и кушайте на здоровье.

Мышильда живо выскочила из-под пола, вскарабкалась на очаг и стала хватать своими лапками кусочки сала, которые подавала ей королева. Но тут, вслед за ней, прибежала вся ее родня: тетки, кумушки, а главное — семь ее сыновей, препротивных обжор, и стали поедать сало в таком страшном количестве, что бедная королева не знала, что и делать. К счастью, вовремя подоспела обергофмейстерина и сумела прогнать эту жадную свору. Оставшееся сало было аккуратнейшим образом поделено придворным математиком поровну на каждую колбаску.

Между тем трубы и литавры возвестили о прибытии гостей. Принцы и короли в праздничных одеждах — кто верхом на прекрасной лошади, кто в изящном экипаже — собирались на колбасный пир. Король принимал всех с очаровательной любезностью и затем, как хозяин, занял за столом почетное место. Но едва подали колбасу, как все заметили, что король вдруг побледнел, стал вздыхать и вертеться, как будто ему было неудобно сидеть. А через какое-то время он уже не выдержал, и, громко застонав, опрокинулся на стул, обеими руками закрывая лицо. Все повскакивали со своих мест; лейб-медик напрасно пытался нащупать у короля пульс; наконец после невероятных усилий и употребления таких средств, как пускание в нос дыма жженых перьев, удалось привести короля в чувство, причем первыми его словами были:

— Слишком мало сала!

Королева, едва это услышала, с отчаянием ломая руки и рыдая, упала перед королем на колени:

— О бедный, несчастный супруг мой! — кричала она. — Чувствую, чувствую, как вы страдаете! Виноватая здесь, у ваших ног! Накажите строго! Госпожа Мышильда со своими семью сыновьями, тетками и прочей родней съела всё сало! — и с этими словами королева упала без чувств.

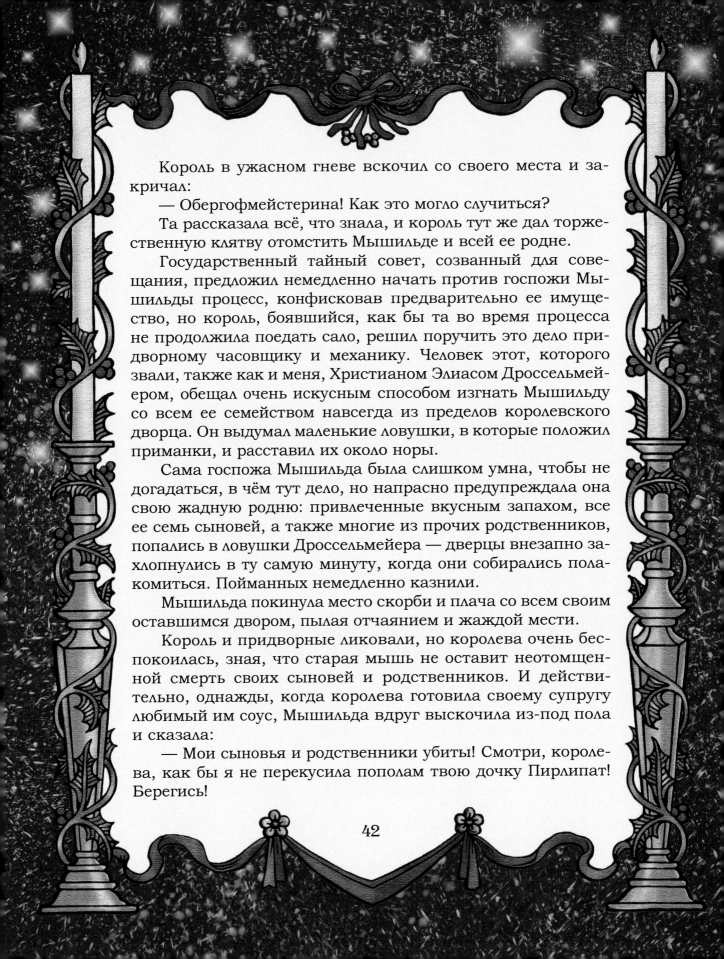

Король в ужасном гневе вскочил со своего места и закричал:

— Обергофмейстерина! Как это могло случиться?

Та рассказала всё, что знала, и король тут же дал торжественную клятву отомстить Мышильде и всей ее родне.

Государственный тайный совет, созванный для совещания, предложил немедленно начать против госпожи Мышильды процесс, конфисковав предварительно ее имущество, но король, боявшийся, как бы та во время процесса не продолжила поедать сало, решил поручить это дело придворному часовщику и механику. Человек этот, которого звали, также как и меня, Христианом Элиасом Дроссельмейером, обещал очень искусным способом изгнать Мышильду со всем ее семейством навсегда из пределов королевского дворца. Он выдумал маленькие ловушки, в которые положил приманки, и расставил их около норы.

Сама госпожа Мышильда была слишком умна, чтобы не догадаться, в чём тут дело, но напрасно предупреждала она свою жадную родню: привлеченные вкусным запахом, все ее семь сыновей, а также многие из прочих родственников, попались в ловушки Дроссельмейера — дверцы внезапно захлопнулись в ту самую минуту, когда они собирались полакомиться. Пойманных немедленно казнили.

Мышильда покинула место скорби и плача со всем своим оставшимся двором, пылая отчаянием и жаждой мести.

Король и придворные ликовали, но королева очень беспокоилась, зная, что старая мышь не оставит неотомщенной смерть своих сыновей и родственников. И действительно, однажды, когда королева готовила своему супругу любимый им соус, Мышильда вдруг выскочила из-под пола и сказала:

— Мои сыновья и родственники убиты! Смотри, королева, как бы я не перекусила пополам твою дочку Пирлипат! Берегись!

С этими словами она исчезла и уже больше не показывалась, а испуганная до смерти королева опрокинула в огонь всю кастрюльку с соусом, так что Мышильда во второй раз испортила, к великому гневу короля, его любимое блюдо...

— Ну всё — на сегодня довольно: конец расскажу в другой раз, — неожиданно закончил крестный.

Как ни просила Мари, на которую рассказ произвел особенно сильное впечатление, продолжить сказку, крестный остался неумолим и, вскочив с места, повторил:

— Много сразу — вредно для здоровья! Продолжение — завтра.

Он хотел направиться к двери, но Фриц, поймав его за фалды, закричал:

— Крестный, крестный! Это правда, что ты выдумал мышеловки?

— Какой вздор ты городишь, Фриц! — сказала мама, но советник, засмеявшись каким-то особенно странным смехом, тихо сказал:

— Ведь ты знаешь, какой я искусный часовщик; так почему же мне не выдумать мышеловки?

Продолжение сказки о крепком орехе

— Теперь вы знаете, дети, — продолжил рассказ советник Дроссельмейер следующим вечером, — почему королева так беспокоилась о новорожденной принцессе. Да и как ей было не беспокоиться, зная, что в любую минуту Мышильда может вернуться и исполнить свою угрозу. Ловушки Дроссельмейера оказались бессильны против умной, предусмотрительной

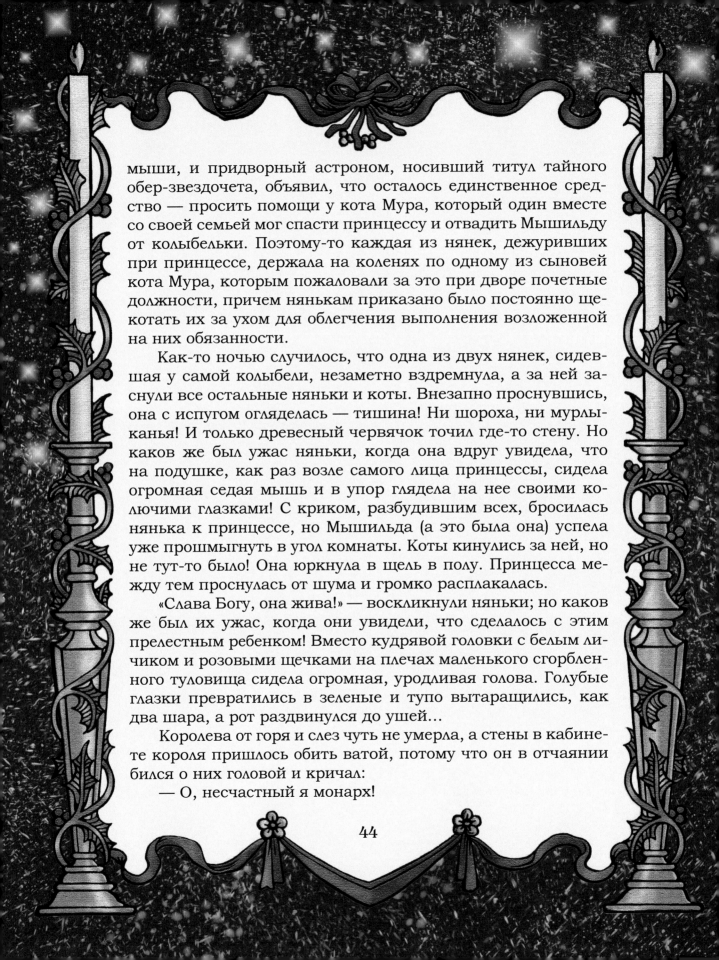

мыши, и придворный астроном, носивший титул тайного обер-звездочета, объявил, что осталось единственное средство — просить помощи у кота Мура, который один вместе со своей семьей мог спасти принцессу и отвадить Мышильду от колыбельки. Поэтому-то каждая из нянек, дежуривших при принцессе, держала на коленях по одному из сыновей кота Мура, которым пожаловали за это при дворе почетные должности, причем нянькам приказано было постоянно щекотать их за ухом для облегчения выполнения возложенной на них обязанности.

Как-то ночью случилось, что одна из двух нянек, сидевшая у самой колыбели, незаметно вздремнула, а за ней заснули все остальные няньки и коты. Внезапно проснувшись, она с испугом огляделась — тишина! Ни шороха, ни мурлыканья! И только древесный червячок точил где-то стену. Но каков же был ужас няньки, когда она вдруг увидела, что на подушке, как раз возле самого лица принцессы, сидела огромная седая мышь и в упор глядела на нее своими колючими глазками! С криком, разбудившим всех, бросилась нянька к принцессе, но Мышильда (а это была она) успела уже прошмыгнуть в угол комнаты. Коты кинулись за ней, но не тут-то было! Она юркнула в щель в полу. Принцесса между тем проснулась от шума и громко расплакалась.

«Слава Богу, она жива!» — воскликнули няньки; но каков же был их ужас, когда они увидели, что сделалось с этим прелестным ребенком! Вместо кудрявой головки с белым личиком и розовыми щечками на плечах маленького сгорбленного туловища сидела огромная, уродливая голова. Голубые глазки превратились в зеленые и тупо вытаращились, как два шара, а рот раздвинулся до ушей…

Королева от горя и слез чуть не умерла, а стены в кабинете короля пришлось обить ватой, потому что он в отчаянии бился о них головой и кричал:

— О, несчастный я монарх!

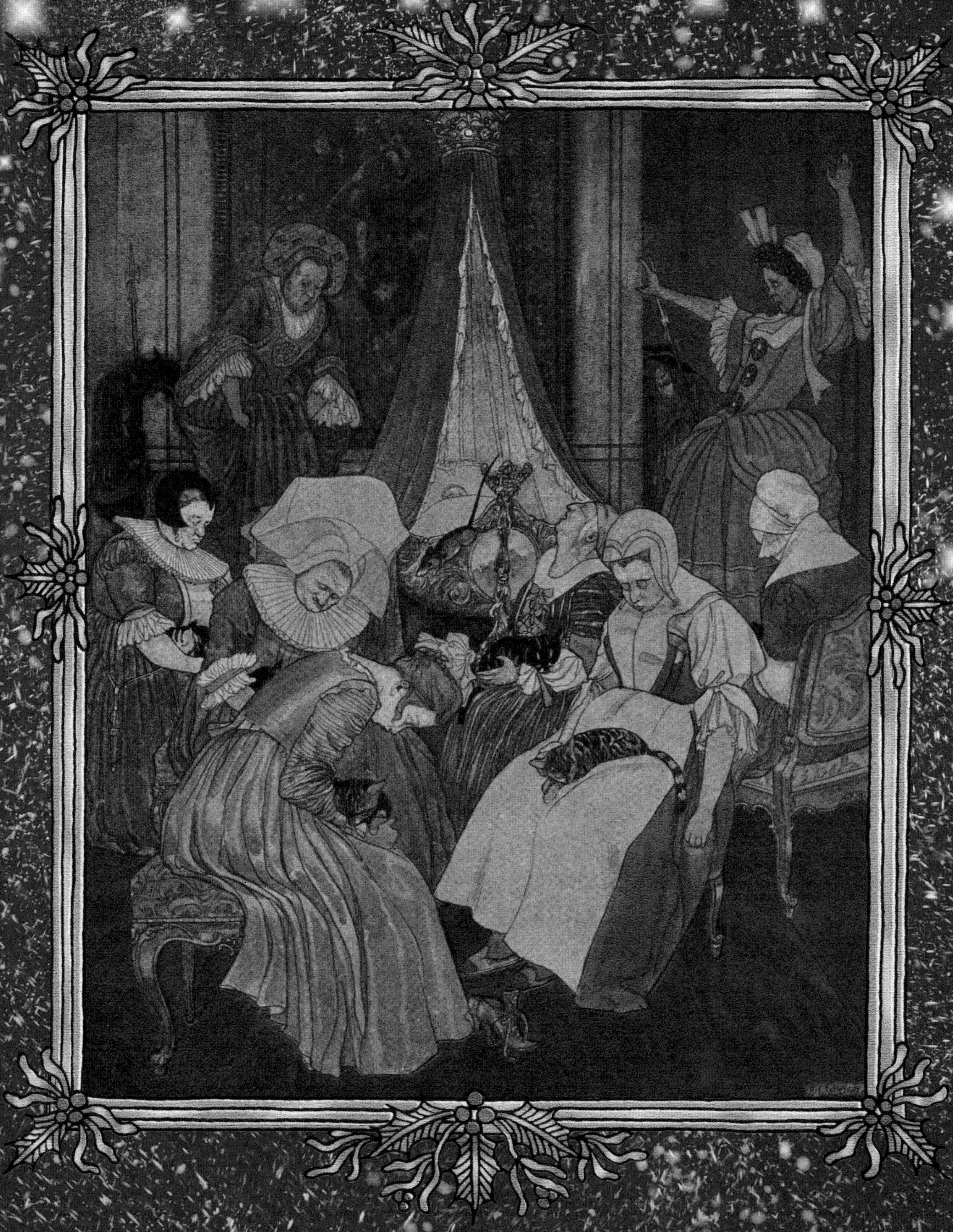

В общем, получается, что лучше было бы ему съесть колбасу вовсе без сала и при этом оставить в покое госпожу Мышильду со всем ее семейством. Но королю, однако, эта простая мысль не пришла в голову; напротив, он свалил всю вину на придворного часовщика Христиана Элиаса Дроссельмейера из Нюрнберга. Король издал мудрый приказ, чтобы Дроссельмейер в течение четырех недель во что бы то ни стало вылечил принцессу или, по крайней мере, указал верное для этого средство; в противном же случае ему отрубят голову.

Дроссельмейер не на шутку перепугался, но, веруя в свое искусство, тут же начал придумывать, как помочь королевскому горю. Он очень искусно разобрал принцессу по частям, отвинтил ей ручки и ножки, осмотрел ее внутреннее строение, и, к крайнему прискорбию, пришел к заключению, что принцесса со временем не только не похорошеет, а, напротив, будет делаться с каждым годом всё безобразнее. Он осторожно опять собрал принцессу и с грустным видом уселся возле колыбели в ее комнате, откуда его не выпускали ни на шаг.

Наступила среда четвертой недели, и король, гневно сверкая глазами и потрясая скипетром, воскликнул:

— Христиан Дроссельмейер! Или вылечи принцессу, или тебя ждет смерть!

Дроссельмейер горько заплакал, а принцесса то и дело щелкала орехи. Тут впервые часовщик обратил внимание на странное пристрастие принцессы к орехам, а также на то, что она родилась сразу с зубами. С самых первых дней после своего рождения она без умолку кричала до тех пор, пока ей не попадался орех, который она тут же разгрызала, съедала и только тогда успокаивалась. С тех пор няньки то и дело унимали ее плач орехами.

— О святой инстинкт природы! — воскликнул Христиан Элиас Дроссельмейер. — О неисповедимая красота всего сущего! Ты мне указываешь дверь этой тайны! Я постучу — и она откроется!

Он тотчас же просил позволения переговорить с придворным астрономом, и был доставлен к нему под стражей. Оба
обнялись, потому что были закадычными друзьями, а затем,
запершись в уединенном кабинете, начали рыться в груде
книг, трактующих об инстинкте, симпатиях, антипатиях и
многих тому подобных премудрых вещах. С наступлением
ночи астроном навел на звезды телескоп и с помощью знаю-
щего в этом деле толк Дроссельмейера составил гороскоп
принцессы. Работа эта оказалась очень трудной. Линии пе-
репутывались до такой степени, что только после долгого,
упорного труда оба с восторгом прочли совершенно ясное
предопределение, что к принцессе вернется красота, когда
будет найден орех Кракатук и принцессе дадут скушать его
вкусное ядрышко.

Орех Кракатук должен иметь такую твердую скорлупу, что ее не могло бы пробить даже сорокавосьмифунтовое пушечное ядро. Мало того — этот орех должен разгрызть на глазах у принцессы маленький человечек, который еще ни разу не брился и не носил сапог. Кроме того, человечку необходимо было подать принцессе ядро от разгрызенного ореха с зажмуренными глазами, а затем отступить семь шагов назад, ни разу не споткнувшись, и только тогда открыть глаза.

Три дня и три ночи кряду работали часовщик с астрономом для составления этого гороскопа, и наконец в субботу во время обеда, как раз накануне того дня, когда Дроссельмейеру должны были отрубить голову, он торжественно принес королю радостную весть о том, что найдено средство вернуть принцессе утраченную красоту. Король милостиво его обнял, обещал пожаловать бриллиантовую шпагу, четыре ордена и два праздничных кафтана.

— Сейчас же после обеда, — сказал он, — мы испытаем это средство. Позаботьтесь, чтобы и орех, и человечек были готовы, да, главное — не давайте ему вина, чтоб он не споткнулся, когда будет пятиться положенные семь шагов; потом пусть пьет вволю!

Дроссельмейер похолодел при этих словах короля и не без трепета осмелился доложить, что хотя средство найдено, но сам орех Кракатук и маленького человечка предстояло еще отыскать, и что он сильно сомневается, можно ли их вообще когда-нибудь отыскать. В страшном гневе король, потрясая скипетром над своей венчанной головой, зарычал:

— Так прощайся же со своей головой!

К счастью, король хорошо пообедал в этот день и потому был расположен склонять милостивое ухо к разумным доводам, которые не преминула ему представить добрая, тронутая участью Дроссельмейера королева. Дроссельмейер, собравшись с духом, почтительно доложил королю, что раз

он нашел средство для излечения принцессы, то надеется получить право на помилование. Король, хоть немного и рассердился, но, подумав и выпив желудочных капель, решил, что оба — часовщик и звездочет — должны немедленно отправиться на поиски ореха Кракатука. Что же касается человечка, который должен раскусить орех, то королева приказала напечатать объявление для желающих сделать это во всех выходящих в государстве газетах и ведомостях...

Тут советник прервал свой рассказ и обещал досказать остальное на другой день вечером.

Конец сказки о крепком орехе

На следующий день, едва зажглись свечи, явился крестный и стал рассказывать далее:

— Дроссельмейер вместе с придворным астрономом странствовали уже около шестнадцати лет и все-таки никак не могли напасть даже на след ореха Кракатука. Какие страны они посетили, какие диковинки видели — этого, любезные дети, мне не пересказать вам в течение целых четырех недель, а потому я не стану этого делать, а сообщу вам только, что под конец путешествия Дроссельмейер очень стосковался по своему родному городу Нюрнбергу. Непреодолимое желание увидеть его вновь с особенной силой завладело им в каком-то дремучем азиатском лесу, когда друзья остановились выкурить по трубочке ароматного табаку.

— О мой милый, родной Нюрнберг! — воскликнул Дроссельмейер. — Какие бы города ни посетил путешественник — Лондон, Париж, Петервардейн, но, увидев тебя с твоими чудесными домами, он позабудет их все!

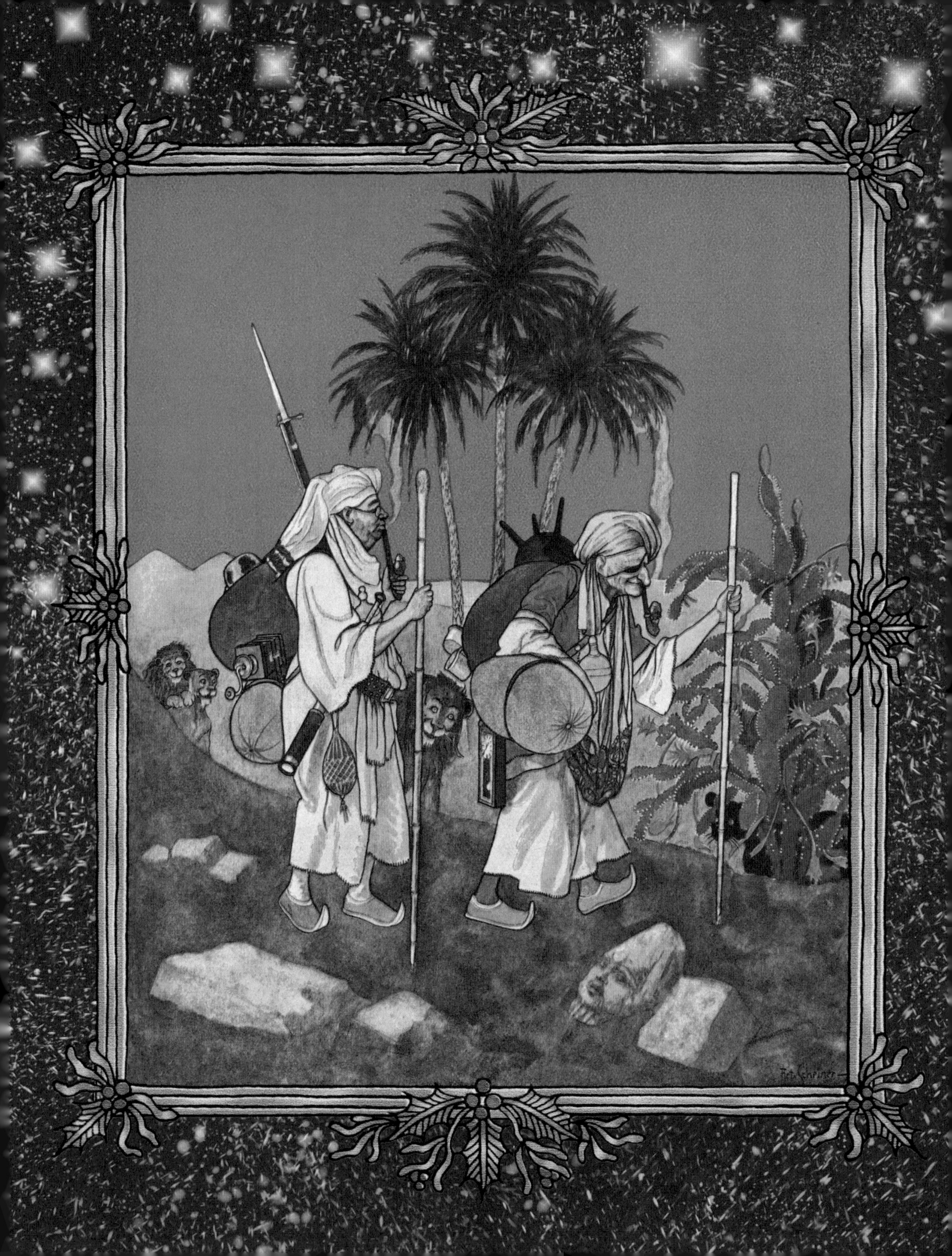

Пока Дроссельмейер так вдохновенно воспевал Нюрнберг, астроном, глядя на него, разрыдался уже не на шутку, однако, взяв себя в руки, отер слезы и сказал:

— Послушай, любезный друг! Какая нам польза от того, что мы тут сидим и плачем? Знаешь что? Отправимся в Нюрнберг! Ведь нам решительно всё равно, где искать этот проклятый орех Кракатук.

— А что, ведь и в самом деле! — обрадовался Дроссельмейер.

Оба встали, набили снова трубки и, определив сторону, в которой был Нюрнберг, прямиком отправились туда. Достигнув цели путешествия, Дроссельмейер немедленно отыскал своего родственника, игрушечных дел мастера и позолотчика Кристофа Захарию Дроссельмейера, с которым не виделся много лет.

Игрушечных дел мастер очень удивился, когда Дроссельмейер рассказал ему всю историю принцессы Пирлипат, госпожи Мышильды и ореха Кракатука; слушая, он всплескивал руками и повторял:

— Ну, любезный братец, чудеса так чудеса!

Дроссельмейер рассказал ему о некоторых из своих приключений во время долгого странствования: как он два года прожил у Финикового короля, как нехорошо обошлись с ним принцы Миндального государства, как напрасно собирал он сведения об орехе Кракатуке во всевозможных ученых обществах и как ему так и не удалось напасть даже на его след. Во время его рассказов Кристоф Захария постоянно прищелкивал пальцами, вертелся на одной ноге, причмокивал губами и приговаривал:

— Гм, гм! Эге! Вот оно как!

Наконец, стащив с себя парик, он радостно подбросил его к потолку, а затем, обняв Дроссельмейера, воскликнул:

— Ну, братец! Ведь ты счастливец! Верь мне! Послушай: или я жестоко ошибаюсь, или орех Кракатук у меня!

С этими словами он вынул из маленького ящика небольшой позолоченный орех средней величины и рассказал следующее:

— Несколько лет тому назад пришел сюда в рождественский сочельник незнакомый человек и предложил дешево купить у него мешок орехов. Как раз перед дверью моей игрушечной лавки он поссорился с нашим лавочником, который не хотел терпеть чужого торговца. Незнакомец, опасаясь нападения лавочника, спустил мешок с плеч на землю, но тут проезжала мимо тяжело нагруженная телега и, переехав через мешок, раздавила абсолютно все орехи, кроме одного. Хозяин мешка, таинственно улыбаясь, предложил мне купить этот орех за серебряную монету 1720 года. Удивительно, что, опустив руку в карман, я нашел в нем именно такую монету. Купив орех, я, сам не зная зачем, велел его позолотить и долго удивлялся тому, что решился заплатить за него так дорого.

Сомнение в том, точно ли это орех Кракатук, было немедленно разрешено астрономом, который, соскоблив позолоту, прочитал на ободке ореха ясно написанное китайскими иероглифами слово «Кракатук».

Можно себе представить радость путешественников! Игрушечных дел мастер считал себя самым счастливым человеком в мире, когда Дроссельмейер уверил его, что, кроме пожизненной пенсии, ему будет возвращено даже всё золото, использованное им на позолоту ореха. Оба — и часовщик, и астроном — уже надели ночные колпаки, чтобы отправиться спать, как вдруг последний сказал:

— Знаешь что, любезный друг? Ведь счастье никогда не приходит одно. Мне кажется, мы нашли не только орех Кракатук, но и маленького человечка, который должен его раскусить; и это не кто иной, как сын нашего почтенного хозяина! Мне теперь не до сна, я немедленно займусь составлением его гороскопа!

С этими словами он снял свой колпак и принялся наблюдать за звездами.

Сын игрушечных дел мастера был пригожий юноша, который действительно еще ни разу не брился и ни разу не надевал сапог. Два года подряд он исполнял роль паяца: к Рождеству надевали на него красный, вышитый золотом кафтан, шляпу, прицепляли шпагу и завивали волосы. В таком наряде стоял он в лавке своего отца и с необыкновенной любезностью щелкал маленьким девочкам орехи, за что они его и прозвали Щелкунчиком. На следующее утро астроном с восторгом обнял часовщика и воскликнул:

— Это он! Он! Мы его нашли! Только прошу тебя, помни следующее: во-первых, надо будет приделать твоему племяннику сзади крепкую деревянную косу и соединить ее с помощью пружин с подбородком, чтобы придать его зубам больше крепости. А во-вторых, приехав в столицу, мы не должны рассказывать, что привезли с собой человечка, который может разгрызть орех. Он должен явиться позже: я прочитал в его гороскопе, что король, после того как многие обломают себе зубы, объявит, что тому, кто разгрызет орех Кракатук, он отдаст принцессу Пирлипат в жены и сделает наследником престола.

Игрушечных дел мастер был в восторге, что сын его сможет жениться на принцессе Пирлипат и сделаться королем, поэтому и отпустил его охотно с часовщиком и звездочетом. Деревянная коса, которую приделал часовщик своему племяннику, действовала превосходно, так что он без малейшего труда мог раскусывать самые твердые персиковые ядрышки.

Едва в столице распространился слух о возвращении Дроссельмейера с астрономом, тотчас же были сделаны необходимые приготовления, и оба путешественника, явившиеся ко двору с привезенным лекарством, нашли там множество желающих раскусить орех и вылечить принцессу; среди них было даже несколько принцев.

Наши путешественники с немалым испугом увидели принцессу вновь. Ее маленькое тело с крошечными, тощими ручонками едва держало огромную, уродливую голову. Безобразие ее лица еще более увеличилось из-за белой, словно нитяной бороды, которой обросли ее губы и подбородок.

Дальше всё произошло именно так, как предсказал звездочет. Молокососы в башмаках один за другим напрасно пытались разгрызть орех — они только переломали себе зубы, а принцессе ничуть не полегчало. Неудачников, одного за другим, отправляли к зубным врачам, а те только приговаривали:

— Ну и ну! Вот так орех!

Наконец, когда объятый горем король объявил, что тому, кто раскусит орех, он отдаст свою дочь в жены и сделает его наследником престола, явился ко двору скромный молодой Дроссельмейер и попросил позволения попытать счастья.

Этот юноша понравился принцессе больше всех. Положив на сердце свою маленькую ручку, она сказала со вздохом:

— Ах, хоть бы он раскусил орех и стал моим мужем!

Поклонившись учтиво королю, королеве и принцессе, молодой Дроссельмейер взял из рук обер-церемониймейстера Кракатук, не раздумывая, положил его в рот, крепко стиснул зубы, и — крак! — скорлупка разлетелась вдребезги. Ловко очистил он ядро от кожицы и, преклонив колени, подал его принцессе, а затем, с закрытыми глазами, начал пятиться. Принцесса мигом проглотила ядрышко, и вдруг — о чудо! — уродец исчез, а на его месте оказалась прелестная молодая девушка. Личико ее опять стало похоже на лилию, щеки заалели, как лепестки розы, глаза засияли, точно голубые звездочки, а волосы завились прелестными золотыми колечками.

Громкий звук труб и гобоев смешался с радостным криком народа. Король и придворные опять запрыгали на одной ножке, как и при рождении принцессы, а на королеву пришлось вылить целый флакон одеколона, потому что от радости ей сделалось дурно.

Взволнованная тол-
па чуть было не сбила
с ног молодого Дроссель-
мейера, которому еще
положено было пятить-
ся семь шагов; однако
он не споткнулся и уже
занес было ногу, чтобы
ступить в седьмой раз,
как вдруг из-под пола
с громким свистом и
шипением поднялась го-
лова госпожи Мышиль-
ды. Молодой Дроссель-
мейер, опуская ногу,
случайно придавил ее
каблуком и в тот же миг
превратился в такого
же уродца, каким рань-
ше была принцесса: ту-
ловище его съежилось,
голова раздулась, глаза
вытаращились, а вместо
косы повис за спиною
тяжелый деревянный
плащ.

Часовщик и астро-
ном были в ужасе, од-
нако заметили, что по-
страдала и Мышильда.
Едва дыша, охваченная
предсмертными мука-
ми, она собрала послед-
ние силы и прошипела:

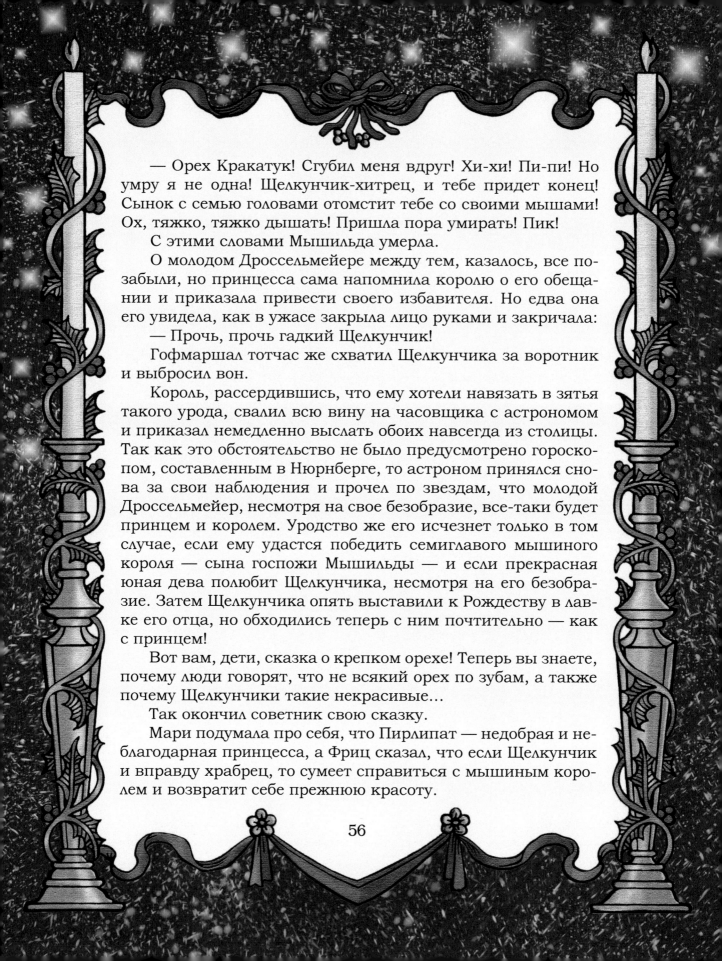

— Орех Кракатук! Сгубил меня вдруг! Хи-хи! Пи-пи! Но умру я не одна! Щелкунчик-хитрец, и тебе придет конец! Сынок с семью головами отомстит тебе со своими мышами! Ох, тяжко, тяжко дышать! Пришла пора умирать! Пик!

С этими словами Мышильда умерла.

О молодом Дроссельмейере между тем, казалось, все позабыли, но принцесса сама напомнила королю о его обещании и приказала привести своего избавителя. Но едва она его увидела, как в ужасе закрыла лицо руками и закричала:

— Прочь, прочь гадкий Щелкунчик!

Гофмаршал тотчас же схватил Щелкунчика за воротник и выбросил вон.

Король, рассердившись, что ему хотели навязать в зятья такого урода, свалил всю вину на часовщика с астрономом и приказал немедленно выслать обоих навсегда из столицы. Так как это обстоятельство не было предусмотрено гороскопом, составленным в Нюрнберге, то астроном принялся снова за свои наблюдения и прочел по звездам, что молодой Дроссельмейер, несмотря на свое безобразие, все-таки будет принцем и королем. Уродство же его исчезнет только в том случае, если ему удастся победить семиглавого мышиного короля — сына госпожи Мышильды — и если прекрасная юная дева полюбит Щелкунчика, несмотря на его безобразие. Затем Щелкунчика опять выставили к Рождеству в лавке его отца, но обходились теперь с ним почтительно — как с принцем!

Вот вам, дети, сказка о крепком орехе! Теперь вы знаете, почему люди говорят, что не всякий орех по зубам, а также почему Щелкунчики такие некрасивые...

Так окончил советник свою сказку.

Мари подумала про себя, что Пирлипат — недобрая и неблагодарная принцесса, а Фриц сказал, что если Щелкунчик и вправду храбрец, то сумеет справиться с мышиным королем и возвратит себе прежнюю красоту.

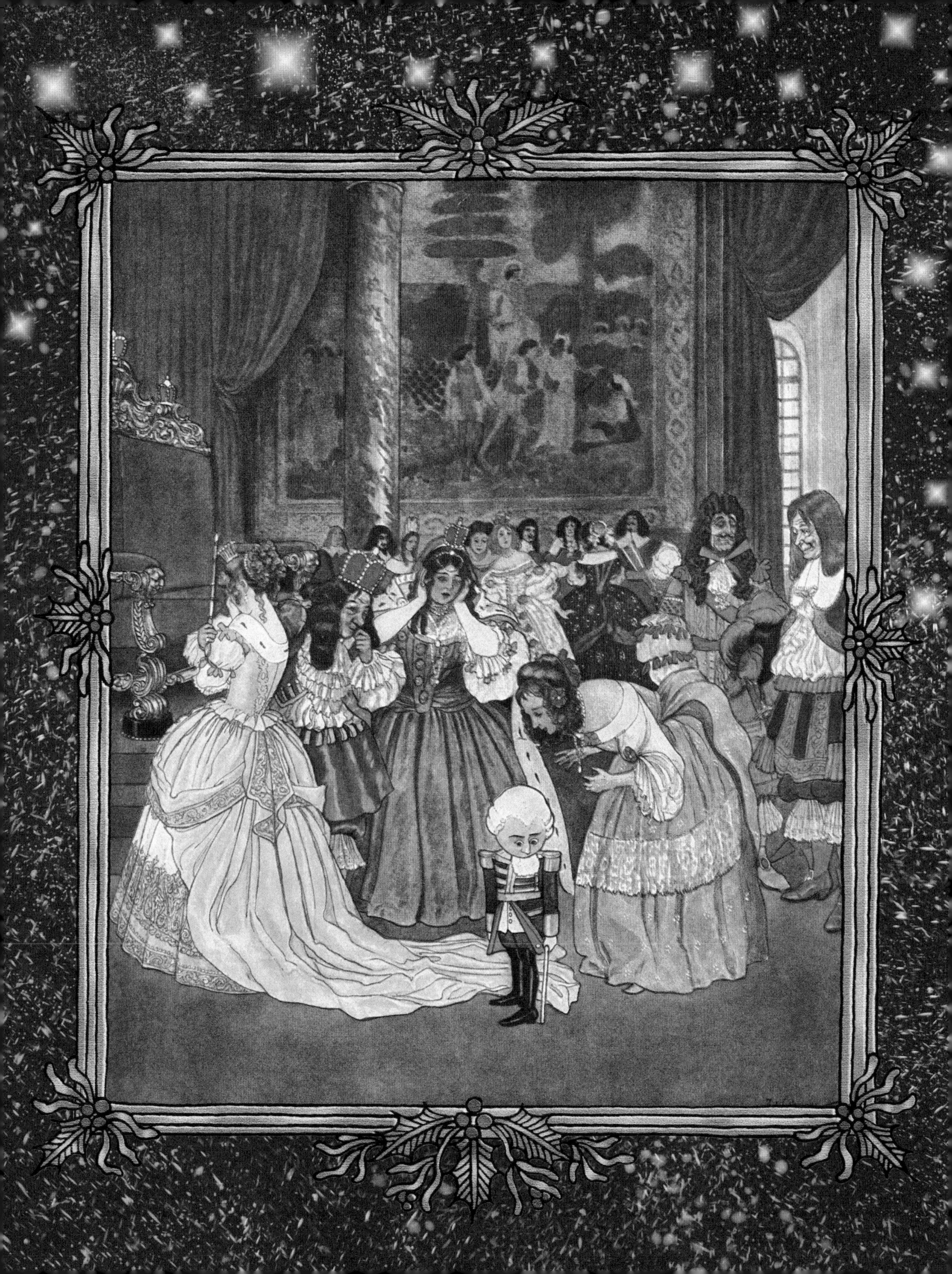

Дядя и племянник

Если какому-то из моих любезных читателей или слушателей случалось когда-нибудь порезаться стеклом, то он, конечно же, помнит, как это больно и как медленно заживают такие раны. Так и Мари вынуждена была провести целую неделю в постели, потому что при всякой попытке встать у нее начинала кружиться голова.

Наконец она выздоровела и опять могла, как прежде, бегать и прыгать по комнате.

В стеклянном шкафу нашла она всё в полном порядке и чистоте. Деревья, цветы, домики, куклы стояли чинно и мило. Но больше всего обрадовалась Мари своему милому Щелкунчику, он стоял на второй полке с новыми крепкими зубами и весело улыбался ей. Увидев своего друга, Мари задумалась. Ей пришла в голову мысль, а не с ее ли Щелкунчиком случилось всё то, о чём рассказывал крестный в своей сказке? Рассуждая далее, она пришла к выводу, что ее Щелкунчик — тот самый молодой Дроссельмейер из Нюрнберга, племянник крестного, заколдованный госпожой Мышильдой.

О том, что искусным часовщиком при дворе отца принцессы Пирлипат был сам советник Дроссельмейер, Мари не сомневалась ни минуты еще во время самого рассказа. «Но почему же не помог тебе твой дядя?» — сокрушалась Мари, припоминая подробности виденной ею битвы, в которой Щелкунчик, как стало ей теперь понятно, дрался за свою корону и королевство. «Если, — думала Мари, — все куклы называли себя его подданными, то значит, пророчество придворного астронома сбылось и молодой Дроссельмейер действительно стал принцем кукольного царства».

Рассуждая так, разумная Мари заключила, что если Щелкунчик и его вассалы живы, то они должны шевелиться и

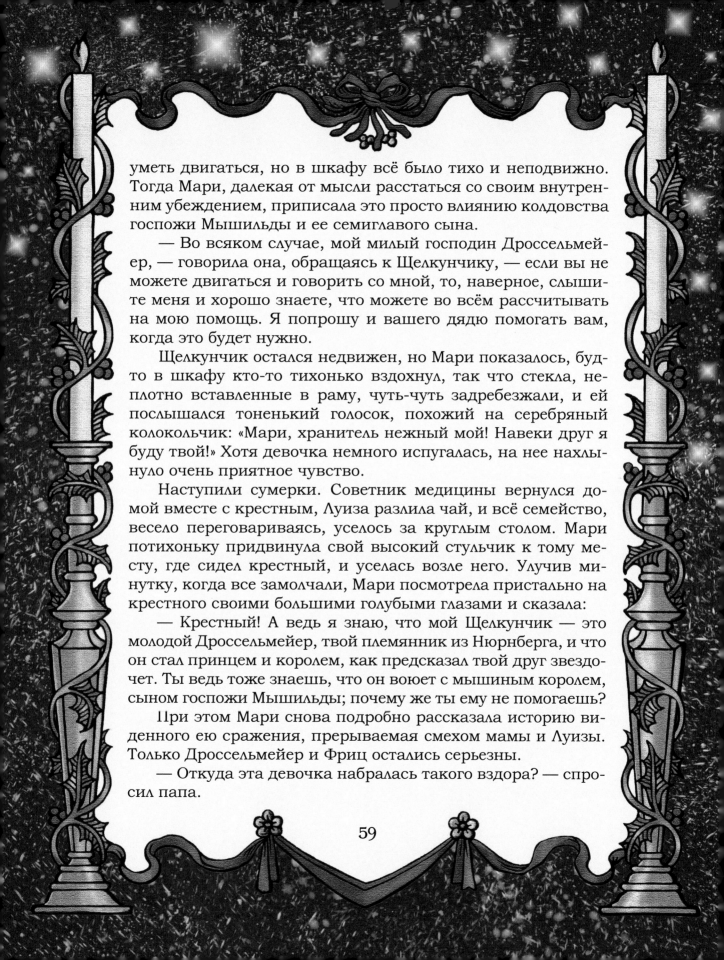

уметь двигаться, но в шкафу всё было тихо и неподвижно. Тогда Мари, далекая от мысли расстаться со своим внутренним убеждением, приписала это просто влиянию колдовства госпожи Мышильды и ее семиглавого сына.

— Во всяком случае, мой милый господин Дроссельмейер, — говорила она, обращаясь к Щелкунчику, — если вы не можете двигаться и говорить со мной, то, наверное, слышите меня и хорошо знаете, что можете во всём рассчитывать на мою помощь. Я попрошу и вашего дядю помогать вам, когда это будет нужно.

Щелкунчик остался недвижен, но Мари показалось, будто в шкафу кто-то тихонько вздохнул, так что стекла, неплотно вставленные в раму, чуть-чуть задребезжали, и ей послышался тоненький голосок, похожий на серебряный колокольчик: «Мари, хранитель нежный мой! Навеки друг я буду твой!» Хотя девочка немного испугалась, на нее нахлынуло очень приятное чувство.

Наступили сумерки. Советник медицины вернулся домой вместе с крестным, Луиза разлила чай, и всё семейство, весело переговариваясь, уселось за круглым столом. Мари потихоньку придвинула свой высокий стульчик к тому месту, где сидел крестный, и уселась возле него. Улучив минутку, когда все замолчали, Мари посмотрела пристально на крестного своими большими голубыми глазами и сказала:

— Крестный! А ведь я знаю, что мой Щелкунчик — это молодой Дроссельмейер, твой племянник из Нюрнберга, и что он стал принцем и королем, как предсказал твой друг звездочет. Ты ведь тоже знаешь, что он воюет с мышиным королем, сыном госпожи Мышильды; почему же ты ему не помогаешь?

При этом Мари снова подробно рассказала историю виденного ею сражения, прерываемая смехом мамы и Луизы. Только Дроссельмейер и Фриц остались серьезны.

— Откуда эта девочка набралась такого вздора? — спросил папа.

— У нее очень живая фантазия, — ответила мама, — и всё это не более чем горячечный бред.

— И притом это неправда! — закричал Фриц, — мои гусары не такие трусы, чтобы удрать с поля боя! Не то я бы им показал!

Крестный между тем, ласково улыбаясь, посадил Мари к себе на колени и сказал, гладя ее по голове:

— Не слушай их, моя маленькая Мари! Бог дал тебе больше, чем всем нам! Ты, как моя Пирлипат в сказке, родилась принцессой и сумеешь править в чудесном, прекрасном королевстве. Что же касается твоего Щелкунчика, то тебе придется перенести из-за него еще немало горя: мышиный король преследует его везде. Но ни я и никто другой, а только ты можешь его спасти — будь лишь стойкой и преданной!

Ни Мари, ни кто-либо из присутствующих не поняли, что этим хотел сказать крестный, а советнику медицины речь эта показалась до того странной, что он даже пощупал у Дроссельмейера пульс и сказал:

— Эге, любезный друг, да у вас, кажется, прилив крови к голове, я вам что-нибудь пропишу.

Только советница в раздумье покачала головой и тихо сказала:

— Я, кажется, догадываюсь, что он хочет сказать, но только не могу этого выразить словами.

Победа

Через несколько дней Мари была разбужена ночью каким-то шумом, доносившимся из угла спальни. Казалось, будто кто-то бросал и катал маленькие шарики по полу и при этом громко пищал.

— Ах, мыши! Это опять мыши! — с испугом вскрикнула Мари и хотела уже разбудить свою маму, но голос ее прервался на полуслове, а холод пробежал по жилам, когда она вдруг увидела, что мышиный король, выскочив со своими семью коронами из-под пола, вспрыгнул на маленький круглый столик, стоявший возле постели Мари. Впившись в нее своими колючими глазками и пощелкивая зубами, он прошипел:

— Хи! Хи! Хи! Если не отдашь мне все твои конфеты и марципаны, то я перекушу пополам твоего Щелкунчика! — и, сказав это, опять исчез в своей норе.

Мари так испугалась, что была бледна весь день и едва могла говорить. Несколько раз она собиралась рассказать обо всём маме, Луизе и Фрицу, но каждый раз останавливалась, понимая, что ей не поверят и будут лишь смеяться. Однако ей было совершенно ясно, что ради спасения Щелкунчика надо расстаться и с конфетами, и с марципанами, и поэтому всё, что у нее было, вечером она потихоньку положила на пол возле шкафа. На другой день утром мама сказала:

— Какая неприятность, у нас опять завелись мыши! Сегодня ночью они съели у бедной Мари все ее конфеты.

Так оно и было. Прожорливый мышиный король съел все конфеты, а марципан, который пришелся ему не по вкусу, он все-таки до того изгрыз, что остатки пришлось выбросить. Добрая Мари не только не жалела конфет, но в душе даже радовалась, что спасла этим своего Щелкунчика. Но что почувствовала она, когда услышала на следующую ночь возле своей подушки знакомый, пронзительный свист! Мышиный король снова сидел на столике и, сверкая глазками еще пронзительнее, чем в прежнюю ночь, прошипел сквозь зубы:

— Отдай мне твоих сахарных и пряничных кукол, или я разгрызу твоего Щелкунчика! Разгрызу, разгрызу!

Сказав это, он опять исчез под полом.

Мари была очень огорчена, когда, подойдя на другой день к шкафу, увидела своих сахарных и пряничных куколок. Горе ее было совершенно понятно, потому что вряд ли когда-нибудь видела ты, моя маленькая слушательница, таких прелестных сахарных и пряничных кукол, какие были у Мари Штальбаум. Тут были и пастух с пастушкой, и целое стадо белоснежных барашков, и весело прыгавшая вокруг них собака, были два почтальона с письмами, а кроме того — четыре пары красиво одетых мальчиков и девочек, танцевавших русский танец. Был Пахтер Фельдкюммель с Орлеанскою Девой, которые, впрочем, не особенно нравились Мари. Всех же более любила она маленького, краснощекого малыша в колыбельке. Слезы полились у нее из глаз, когда она увидела любимую куколку, но взглянув на Щелкунчика, она сказала:

— Ах, мой милый господин Дроссельмейер! Поверьте, я пожертвую всем, чтобы вас спасти, но все-таки мне очень, очень тяжело!

Щелкунчик, слушая, глядел так печально, что Мари, вспомнив мышиного короля с его оскаленными зубами, готового перекусить Щелкунчика пополам, мигом забыла всё и твердо решилась спасти своего друга. Всех своих сахарных куколок положила она вечером на пол возле шкафа, но прежде перецеловала пастушка, пастушку, всех барашков, вынула, наконец, своего любимца, поставив его в самый задний ряд, а Фельдкюммеля с Орлеанской Девой — в первый.

— Нет, это уже слишком! — воскликнула на другой день советница. — У нас завелась какая-то прожорливая мышь в стеклянном шкафу! Представьте, она изгрызла все сахарные куколки бедной Мари!

Мари чуть было не заплакала, но, вспомнив, что спасла Щелкунчика, даже улыбнулась сквозь слезы. Когда вечером советница рассказала об этом крестному Дроссельмейеру, отец Мари очень был недоволен и сказал:

— Неужели нет никакого средства извести эту гадкую мышь, которая поедает у моей бедной Мари все ее сласти?

— Ну как не быть? — весело воскликнул Фриц. — Внизу у булочника есть отличный серый кот; надо его взять к нам наверх, а он уж отлично справится, будь даже эта скверная мышь сама Мышильда или ее сын, мышиный король!

— Да, — прибавила мама, смеясь, — а заодно начнет прыгать по стульям, столам и перебьет всю посуду.

— О нет! — возразил Фриц. — Это очень ловкий кот: я бы хотел сам уметь так лазать по крышам, как он.

— Нет уж, пожалуйста, нельзя ли обойтись без кошек, — попросила Луиза, которая их недолюбливала.

— Я думаю, — сказал советник, — что Фриц прав, а пока можно будет поставить и мышеловку. Ведь у нас она есть?

— Что за беда, если и нет, — крикнул Фриц, — крестный тотчас сделает новую! Ведь он же их выдумал!

Все засмеялись. А когда мама сказала, что у них в доме действительно нет мышеловок, крестный объявил, что у него их полно, и тотчас принес одну, отлично сделанную.

Сказка о крепком орехе постоянно занимала все мысли Мари и Фрица. Когда кухарка начала жарить сало, Мари не могла смотреть на нее без страха и, вспомнив обо всем, что слышала, сказала дрожащим голосом:

— Ах, королева, королева! Берегитесь седой мыши и ее семейства!

Фриц же выхватил саблю и закричал:

— А ну-ка, ну-ка! Пусть они явятся! Я им покажу!

Но всё оставалось спокойно и в кухне, и под полом. Между тем Дроссельмейер положил в мышеловку приманку, приподнял дверцу и осторожно поставил ловушку возле шкафа. Фриц, видя это, не мог удержаться, чтобы не сказать:

— Смотри, крестный-часовщик, не попадись сам! Мышиный король шуток не любит!

Тяжело пришлось бедной Мари на следующую ночь. Противный мышиный король был до того дерзок, что вскочил в этот раз прямо ей на плечо и, высунув все семь кроваво-красных языков, шипел в самое ухо перепуганной девочке:

— Хитри, хитри! В оба смотри! Я ведь ловок! Не боюсь мышеловок! Подавай твои картинки, платьице и ботинки! А не то — ам, ам! Щелкунчика пополам! Хи, хи! Пи, пи, квик, квик!

Можно себе представить горе Мари! Она даже побледнела и чуть не расплакалась, когда на следующее утро мама сказала, что злая мышь еще не поймана, но, решив, что Мари печалится о своих конфетах и боится мышей, прибавила:

— Полно, успокойся, милая Мари! Поверь, мы прогоним всех мышей. Если не помогут мышеловки, то Фриц достанет нам своего кота.

Как только Мари осталась в комнате одна, она сразу же подошла к шкафу и со слезами сказала:

— Ах, мой добрый господин Дроссельмейер! Что могу сделать для вас я, бедная, маленькая девочка? Если я даже отдам гадкому мышиному королю все мои книжки с картинками и хорошенькое новое платье, которое мне подарили к Рождеству, то он потребует что-нибудь еще, а у меня больше нет ничего, и он, пожалуй, захочет перекусить пополам меня вместо вас! О бедная, бедная я девочка! Что же мне делать, что мне делать?

Так плача и жалуясь, Мари заметила, что у Щелкунчика с прошлой ночи появился на шее красный, кровавый рубец, как после раны. Вообще-то с тех пор, как Мари узнала, что Щелкунчик был племянником крестного Дроссельмейера, она стеснялась брать его на руки и целовать как прежде, но теперь взяла с полки и стала бережно оттирать кровавое пятно платком. Но как изумилась Мари, почувствовав, что Щелкунчик в ее руках вдруг потеплел и зашевелился. Быстро поставила она его вновь на полку и увидела, что губы Щелкунчика задвигались, и он внезапно проговорил тоненьким голоском:

— Ах, моя дорогая фрейлейн Штальбаум! Милый единственный друг мой! Нет, не приносите в жертву ради меня ни ваших книжек с картинками, ни платьев! Достаньте мне саблю, только саблю!.. А об остальном уж позабочусь я сам!

Сказав это, Щелкунчик замолк, и оживившиеся глаза его приняли прежнее деревянное и безжизненное выражение. Мари не только не испугалась, но, напротив, почувствовала невыразимую радость, услышав, что может спасти своего друга без дальнейших тяжелых жертв. Но где было достать ей саблю для маленького героя?

Мари решила посоветоваться с Фрицем, и вечером, когда родители ушли и они остались вдвоем возле шкафа, рассказала ему всё, что происходило между мышиным королем и Щелкунчиком, а также и о средстве, каким можно было его спасти.

Фриц стал очень серьезен, когда услышал от сестры, какими трусами оказались в сражении его гусары, он даже потребовал, чтобы она дала ему честное слово, что это было действительно так. Когда Мари это исполнила, он подошел к шкафу и обратился к своим гусарам с очень грозной речью, а потом собственными руками сорвал с их шапок кокарды в наказание за трусость и запретил им в течение года играть их военный марш. Покончив с наказанием, он снова обратился к Мари и сказал:

— Что касается сабли, то я могу помочь твоему Щелкунчику: вчера я отправил в отставку с пенсией одного старого кирасирского полковника, а потому его прекрасная острая сабля больше ему не нужна.

Отставной полковник проживал на пожалованную ему Фрицем пенсию в углу, на третьей полке шкафа; его вытащили оттуда, отвязали его прекрасную саблю и отдали Щелкунчику.

Всю следующую ночь Мари не могла сомкнуть глаз от страха. Ровно в полночь в комнате, где стоял шкаф, поднялась такая суматоха, какой еще никогда не бывало, и сквозь этот страшный гвалт вдруг раздался знакомый уже Мари резкий пронзительный писк.

— Мышиный король! Мышиный король! — воскликнула Мари и в ужасе вскочила с кровати, но тут шум мгновенно утих, и вместо этого кто-то осторожно постучав в дверь ее комнаты, сказал тоненьким голоском:

— Успокойтесь, милая фрейлейн Штальбаум, у меня хорошие вести!

Мари узнала голос молодого Дроссельмейера, накинула на себя платьице и отворила дверь. Щелкунчик стоял перед ней с окровавленной саблей в правой руке и с маленькой горящей свечкой в левой. Увидав Мари, он встал на одно колено и воскликнул:

— О дама моего сердца! Вы дали мне силу и вдохновили меня для победы над тем, кто осмелился вас оскорбить! Мышиный король смертельно ранен. Не откажите принять из рук преданного вам до гроба рыцаря победные трофеи!

С этими словами Щелкунчик ловко стряхнул с левой руки надетые им, как браслеты, семь корон мышиного короля и подал их Мари, радостно принявшей этот подарок.

— Теперь, когда враг мой повержен, — продолжал Щелкунчик, — я покажу вам, дорогая фрейлейн Штальбаум, такие диковинные вещи, каких вы никогда не видали... Решитесь только последовать за мною! Прошу вас, не бойтесь ничего!

Кукольное царство

Я думаю, дети, никто из вас ни минуты не колебался бы пойти за добрым, милым Щелкунчиком, который, уж конечно, не имел ничего плохого на уме. Мари готова была на это тем охотнее, что могла рассчитывать на благодарность Щелкунчика, и была твердо уверена, что он сдержит слово

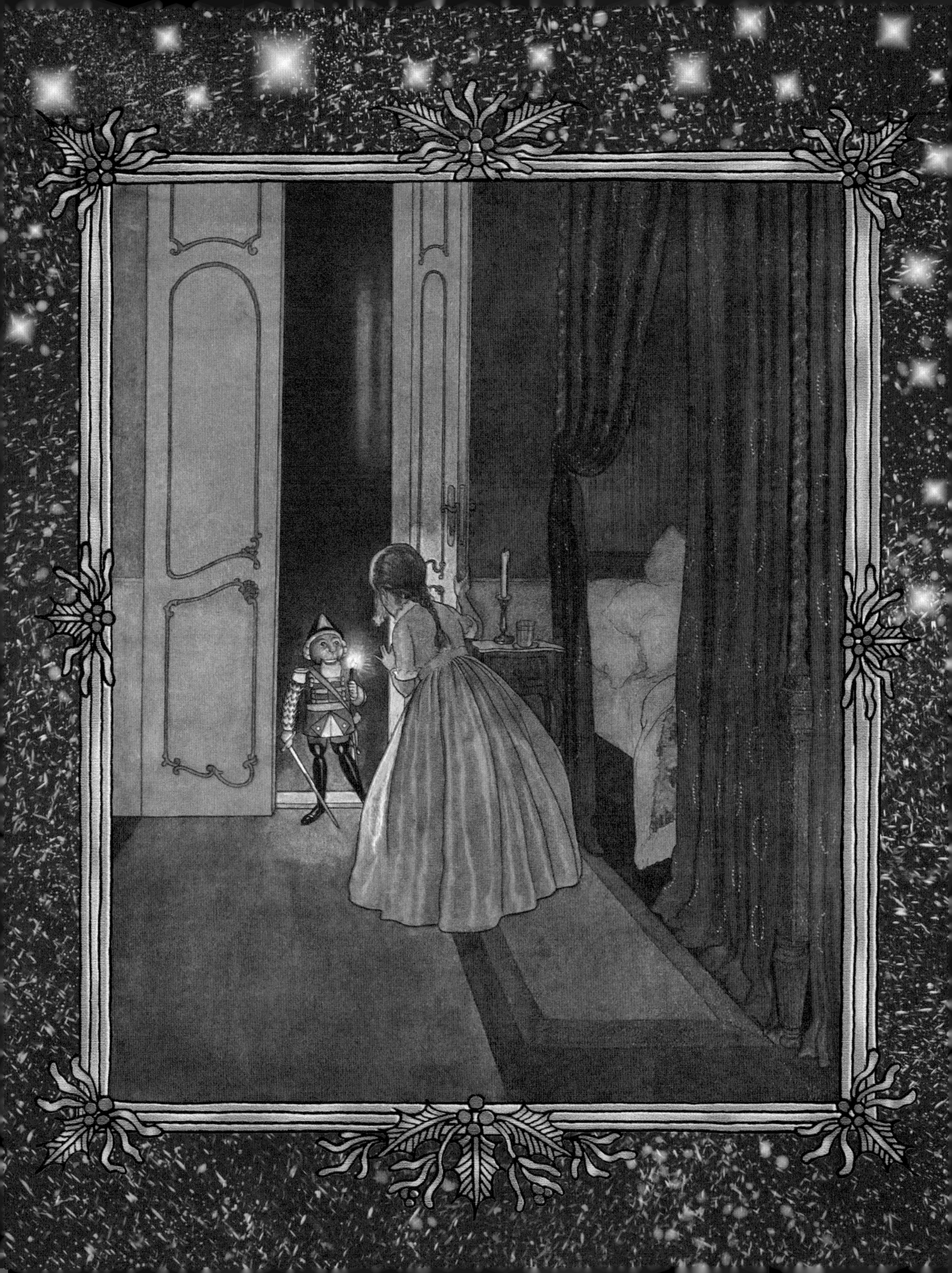

и действительно покажет ей много диковинок. Потому она и сказала:

— Я согласна идти с вами, господин Дроссельмейер, но только если это будет не очень далеко и не очень долго, потому что, признаться честно, я еще не выспалась.

— В таком случае, — ответил Щелкунчик, — я выберу самую короткую, хотя и не совсем удобную дорогу.

Он пошел вперед, а Мари следом, пока наконец оба не остановились перед большим платяным шкафом, стоявшим в столовой. Мари очень удивилась, когда увидела, что двери этого, бывшего всегда запертым шкафа были отворены настежь, и она ясно могла видеть висевшую там папину дорожную шубу. Щелкунчик ловко взобрался по резному выступу шкафа и ухватился за большую кисть, висевшую на толстом шнуре позади шубы. Едва он ее дернул, как сквозь рукав шубы спустилась изящная, сделанная из кедрового дерева лестница.

— Взойдите по этой лестнице, милая Мари, — крикнул Щелкунчик сверху.

Мари стала взбираться, но едва она пролезла сквозь рукав и достигла воротника шубы, как увидела, что ее внезапно озарил какой-то приятный свет, и она очутилась стоящей на прелестном, ароматном лугу, усыпанном, как ей показалось, миллионами ярко сиявших драгоценных камней.

— Мы на Леденцовом лугу, — сказал Щелкунчик, — и сейчас пройдем вон через те ворота.

Тут только Мари заметила чудесные ворота, стоявшие на том же лугу в нескольких шагах от нее. Они, казалось, были сложены из мрамора белого, шоколадного и розового цветов, но, подойдя ближе, Мари увидела, что это не мрамор, а обсахаренный миндаль с изюмом.

— Это миндально-изюмные ворота, — объяснил ей Щелкунчик, — хотя простой народ довольно неучтиво называет их воротами обжор-студентов.

На одной из боковых галерей, сделанных, вероятно, из ячменного сахара, сидели шесть маленьких обезьянок в красных курточках и играли янычарский марш, так что Мари, сама того не замечая, шла под музыку всё дальше и дальше по мраморному, изысканно сделанному из разноцветных леденцов полу.

Скоро в воздухе повеяло прекрасными ароматами, несшимися из чудесного, лежавшего по обе стороны дороги леса. На фоне его темной зелени сверкали светлые точки, и, подойдя ближе, можно было ясно видеть золотые и серебряные яблоки, висевшие на ветвях, украшенных бантами из разноцветных лент, какие бывают у съехавшихся на свадьбу гостей. Когда же легкий ветерок, разносивший чудный апельсиновый аромат, колебал ветки деревьев, то золотые и серебряные плоды, касаясь друг друга, звенели, точно хрустальные колокольчики, и переливались в солнечных лучах.

— Ах, как здесь хорошо! — воскликнула восхищенная Мари.

— Мы в Лесу детских рождественских подарков, — сказал Щелкунчик.

— О, погодите же, не идите так быстро, здесь так чудесно, — продолжала Мари.

Щелкунчик остановился, хлопнул в ладоши, и сейчас же вышли им навстречу маленькие пастухи, пастушки и охотники, такие белые и нежные на вид, что, казалось, они были сделаны из чистого сахара. Мари только сейчас их заметила, хотя они давно уже гуляли в лесу. Они принесли золотое кресло, положили на него мягкую шелковую подушку и любезно предложили Мари отдохнуть. Едва она села, как пастухи и пастушки протанцевали перед ней изящный балет под музыку охотничьих рогов, и затем скрылись в кустарниках.

— Извините, милая фрейлейн Штальбаум, если танец показался вам немножко однообразным, но это танцоры из нашего механического театра, и они танцуют всегда один и

тот же танец, потому-то и охотники так сонно дули в свои рога. Но не угодно ли вам отправиться дальше?

— Да что вы, балет был чудо как хорош! — ответила Мари, вставая с кресла, чтобы следовать дальше за Щелкунчиком.

Они пошли вдоль струившегося ручейка, который наполнял своим чудным благоуханием весь лес.

— Это Апельсиновый ручей, — объяснил Щелкунчик, — у него дивный аромат, но по своей красоте ничто не может сравниться с Лимонадной речкой, впадающей в Озеро миндального молока, которые мы сейчас увидим.

До слуха Мари в самом деле стали доноситься шум и журчание воды, и скоро увидела она широкий лимонадный поток, кативший свои светлые, сверкавшие радужными переливами волны среди изумрудной зелени. Приятной и бодрящей прохладой веяло от этих чудных вод. Неподалеку лениво струился какой-то желтоватый мутный ручеек с очень приятным запахом; на берегу его сидели малыши и удили маленьких толстых рыбок, которых тут же съедали. Вглядевшись, Мари увидела, что рыбки эти очень походили на маленькие круглые пряники. Неподалеку, на самом берегу ручейка, раскинулась очаровательная деревушка с домами, церквями, домом пастора, амбарами — всё темного цвета, но с позолоченными крышами, а на некоторых стенах, казалось, были лепные украшения из обсахаренных миндалей или лимонных цукатов.

— Это Деревня медовых пряников, — сказал Щелкунчик, — и лежит она на берегу Медового ручья. Жители ее, конечно, хорошие люди, но сердитые, потому что вечно страдают от зубной боли. Лучше мы туда не пойдем.

В эту минуту глазам Мари открылся красивый городок с разноцветными прозрачными домиками. Щелкунчик направился прямо к нему, и скоро до слуха Мари долетел веселый гам: сотни маленьких людей и повозок толкались и шумели на рыночной площади. Повозки были нагружены бу-

мажками от конфет и шоколадными плитками. Толпа только что принялась их разгружать.

— Мы в Конфетенхаузене, — объяснил Щелкунчик. — Сюда сейчас прибыло посольство от шоколадного короля из Бумажного королевства. Бедные жители и их дома недавно очень пострадали от нашествия жадных мух, вот почему они и возводят теперь укрепления из конфетных бумажек и шоколадных брусьев, которые им прислал в дар шоколадный король. Но мы не успеем побывать во всех городах и деревнях этой страны. Поэтому — в столицу! В столицу!

Щелкунчик резво зашагал вперёд, а за ним следовала полная любопытства Мари. Скоро в воздухе повеяло чудесным запахом роз, и всё вокруг вдруг озарилось нежным ро-

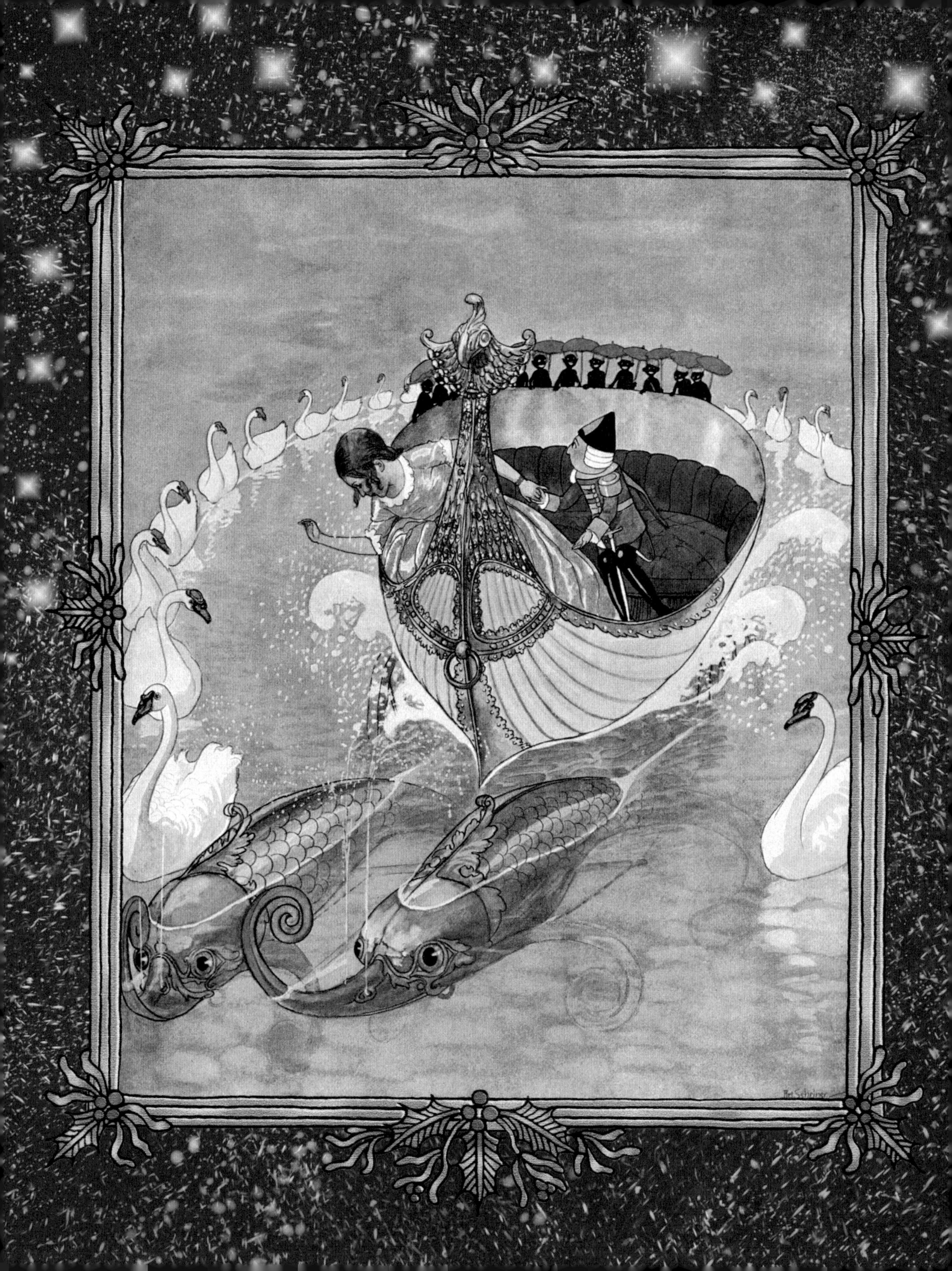

зовым сиянием. Мари вскоре увидела, что это был отблеск переливающейся серебристо-розовыми волнами поверхности озера. На водной равнине плавали серебряные лебеди с золотыми ленточками на шеях и пели веселые песенки, под звуки которых в розовых волнах танцевали и кружились бриллиантовые рыбки.

— Ах! — воскликнула в восторге Мари. — Это же то озеро, которое обещал мне сделать крестный Дроссельмейер, а я — та самая девочка, которая должна была кормить лебедей!

Щелкунчик, услышав это, засмеялся так, как еще ни разу не смеялся, и сказал:

— Ну нет! Крестному такой вещи не сделать! Скорее вы, милая мадемуазель Штальбаум... Да, впрочем, что нам об этом напрасно спорить, отправимся лучше по Розовому озеру в столицу.

Столица

Щелкунчик хлопнул в ладоши, и розовые воды заволновались сильнее прежнего. Волны стали подниматься выше и выше, и Мари увидела приближавшуюся к ним сверкавшую лодочку-раковину, в которую были впряжены два дельфина с золотой чешуей. Двенадцать забавных маленьких арапчат, в шапочках и передниках, сделанных из радужных перышек, выскочили из лодочки на берег и, подхватив Мари на руки, перенесли сначала ее, а потом и Щелкунчика в лодочку, которая сразу же развернулась и понеслась по озеру.

Весело было Мари плыть по этим чудесным розовым волнам. Золотистые дельфины, высунув из воды головы, выпускали фонтаны брызг, сиявших всеми цветами радуги. Журчание воды сливалось с хором тоненьких голосков, которые слышались повсюду из волн: «Послушайте, скорее, скорее!..

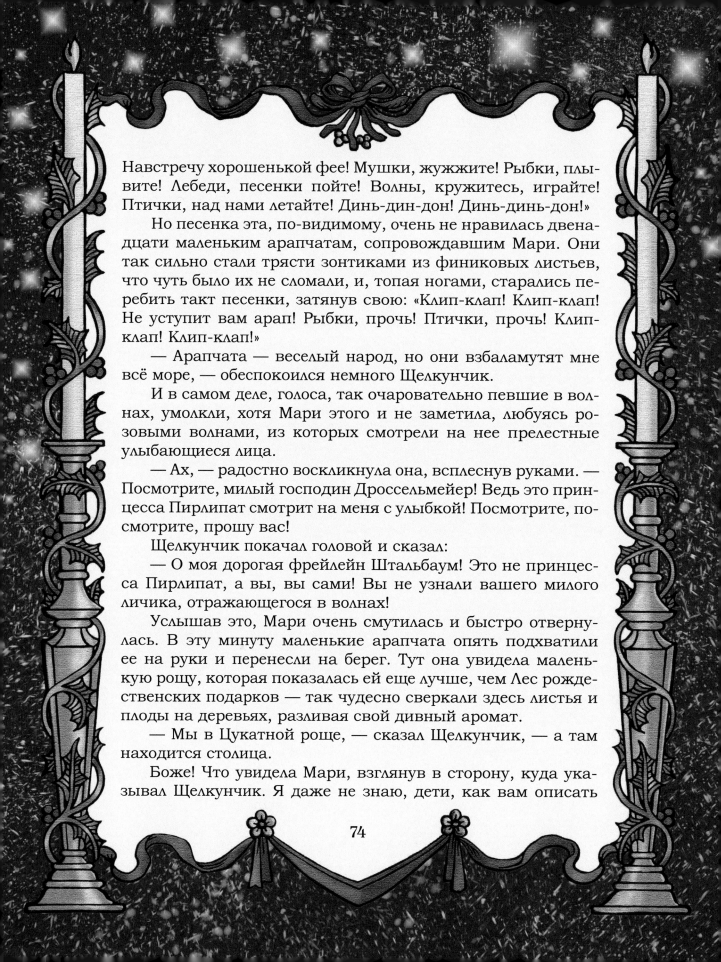

Навстречу хорошенькой фее! Мушки, жужжите! Рыбки, плывите! Лебеди, песенки пойте! Волны, кружитесь, играйте! Птички, над нами летайте! Динь-дин-дон! Динь-динь-дон!»

Но песенка эта, по-видимому, очень не нравилась двенадцати маленьким арапчатам, сопровождавшим Мари. Они так сильно стали трясти зонтиками из финиковых листьев, что чуть было их не сломали, и, топая ногами, старались перебить такт песенки, затянув свою: «Клип-клап! Клип-клап! Не уступит вам арап! Рыбки, прочь! Птички, прочь! Клип-клап! Клип-клап!»

— Арапчата — веселый народ, но они взбаламутят мне всё море, — обеспокоился немного Щелкунчик.

И в самом деле, голоса, так очаровательно певшие в волнах, умолкли, хотя Мари этого и не заметила, любуясь розовыми волнами, из которых смотрели на нее прелестные улыбающиеся лица.

— Ах, — радостно воскликнула она, всплеснув руками. — Посмотрите, милый господин Дроссельмейер! Ведь это принцесса Пирлипат смотрит на меня с улыбкой! Посмотрите, посмотрите, прошу вас!

Щелкунчик покачал головой и сказал:

— О моя дорогая фрейлейн Штальбаум! Это не принцесса Пирлипат, а вы, вы сами! Вы не узнали вашего милого личика, отражающегося в волнах!

Услышав это, Мари очень смутилась и быстро отвернулась. В эту минуту маленькие арапчата опять подхватили ее на руки и перенесли на берег. Тут она увидела маленькую рощу, которая показалась ей еще лучше, чем Лес рождественских подарков — так чудесно сверкали здесь листья и плоды на деревьях, разливая свой дивный аромат.

— Мы в Цукатной роще, — сказал Щелкунчик, — а там находится столица.

Боже! Что увидела Мари, взглянув в сторону, куда указывал Щелкунчик. Я даже не знаю, дети, как вам описать красоту и богатство города, широко раскинувшегося на усеянной цветами роскошной поляне. Он поражал не только удивительной игрой красок стен и домов, но и их причудливой формой, которую не сыскать на всём белом свете. Вместо крыш на домах красовались золотые короны, а башни были обвиты прелестными зелеными гирляндами.

Когда Мари с Щелкунчиком вошли в городские ворота, выстроенные из миндального печенья и обсахаренных фруктов, серебряные солдатики, стоявшие на часах, отдали им честь, а маленький человечек в пестром халате, выбежав из дверей одного дома, бросился на шею Щелкунчику, восклицая:

— Здравствуйте, здравствуйте, дорогой принц! Добро пожаловать в наш Конфетенбург!

Мари очень удивилась, услышав, что такой почтенный господин назвал молодого Дроссельмейера принцем. В эту минуту до слуха ее стали доноситься шум и гам, звуки ликования и веселых песен. Мари очень удивилась и спросила Щелкунчика, что это значит.

— О милая фрейлейн Штальбаум, — ответил тот, — в этом нет ничего удивительного: Конфетенбург богат, многолюден и очень любит развлекаться. Здесь каждый день веселье и шум. Но пойдемте, прошу вас, дальше.

Пройдя немного, они очутились на большой рыночной площади. Тут было на что посмотреть! Все окружающие дома были выстроены из разноцветного сахара и украшены сахарными галереями ажурной работы. А посередине площади возвышался высокий сладкий пирог в виде обелиска, окруженный четырьмя искусно сделанными бассейнами, из которых били фонтаны лимонада, оршада и других прохладительных напитков. Пена в бассейнах была из взбитых сливок, так что ее можно было зачерпнуть ложкой. Но всего прелестнее были маленькие человечки, сновавшие в разные стороны целыми толпами с песнями, шутками и радостными восклицаниями.

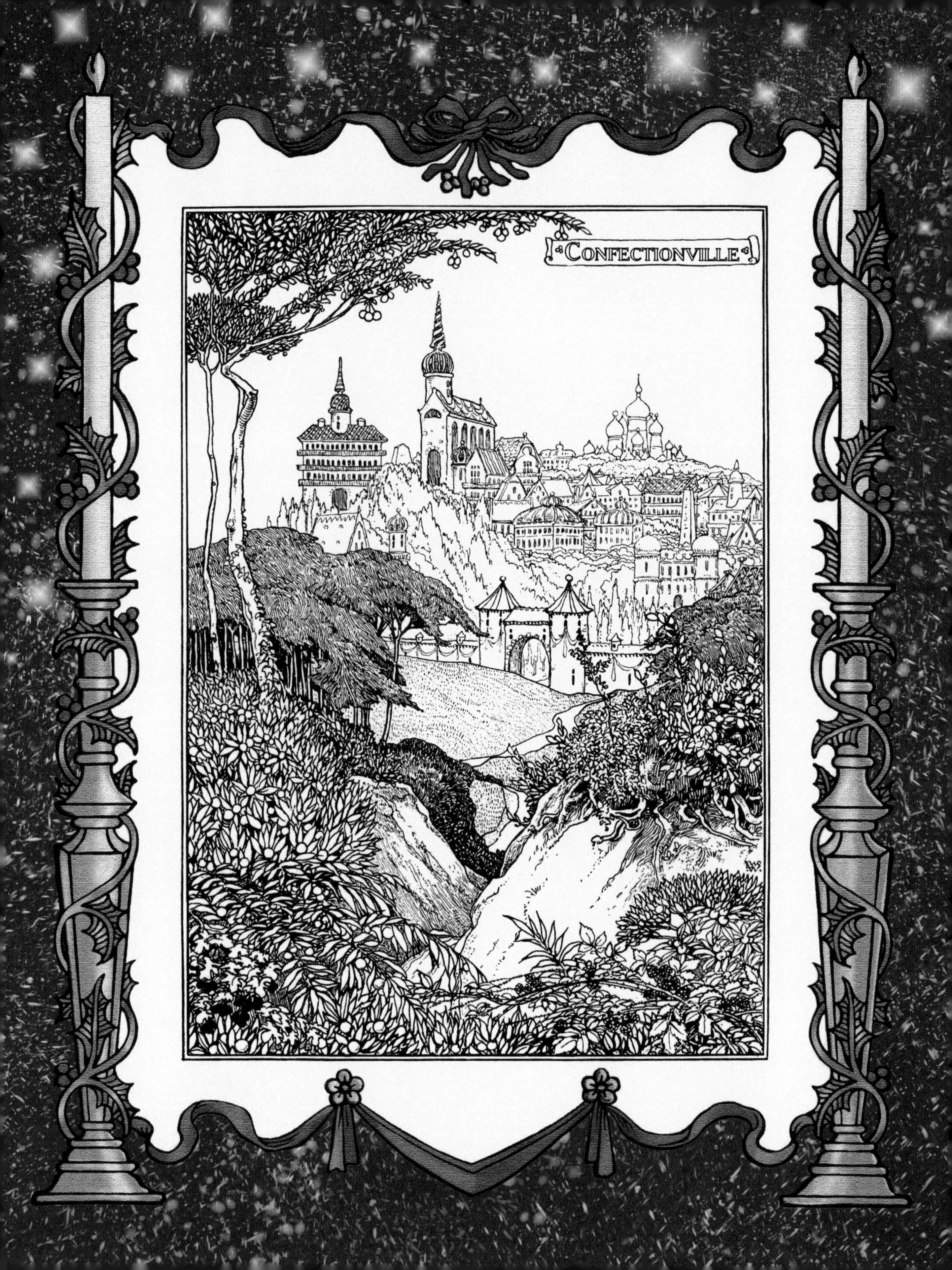
CONFECTIONVILLE

Тут были прекрасно одетые кавалеры и дамы, офицеры, солдаты, пасторы, арлекины — словом, всевозможный народ, какой только существует на свете.

Мари невольно воскликнула от восторга, заметив прелестный замок, весь освещенный розовым светом, с множеством легких, воздушных башенок. Стены были покрыты букетами прекраснейших фиалок, нарциссов, тюльпанов, левкоев, и их яркие краски восхитительно переливались на белых, чуть подернутых розоватым отливом стенах. Большой средний купол и пирамидальные крыши башенок были усеяны множеством золотых, сверкавших как жар, звездочек.

— Мы перед Марципановым замком, — сказал Щелкунчик.

Мари не могла глаз оторвать от этого волшебного дворца, однако успела заметить, что на одной из главных башен недоставало крыши, которую достраивала сотня человечков, стоявших на помостах, сделанных из палочек корицы. Не успела она спросить об этом Щелкунчика, как он сказал сам:

— Недавно этому прекрасному замку грозила очень большая опасность или даже совершенная погибель: великан Лизогуб, проходя мимо, откусил крышу этой башни и уж хотел было приняться за купол, да жители успели его умилостивить, поднеся ему в виде выкупа целый квартал города и часть конфетной рощи, которыми он позавтракал и отправился дальше.

В эту минуту послышались звуки тихой, нежной музыки, ворота замка отворились, и навстречу Мари вышли двенадцать маленьких пажей, держа в руках горящие факелы из засушенных гвоздичных стебельков. Головы пажей были сделаны из жемчужин, туловища из рубинов и изумрудов, а ноги — из чистого, самой искусной работы золота. За ними следовали четыре дамы, ростом почти с куклу Клерхен, в необыкновенно роскошных нарядах — Мари сразу же догадалась, что это были принцессы. Они нежно обняли Щелкунчика, с радостью воскликнув:

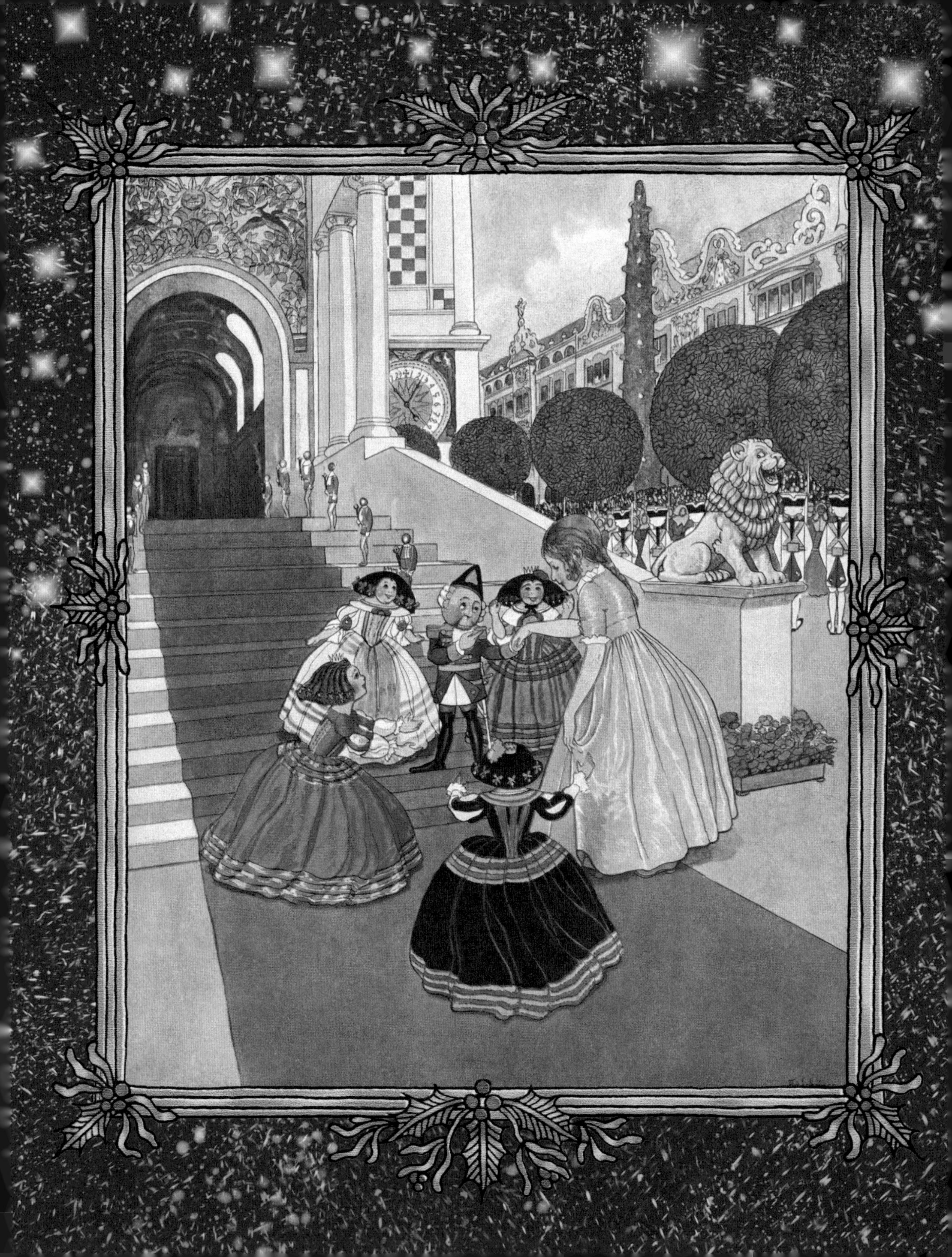

— О милый принц! Милый братец!

Щелкунчик был очень тронут и не раз отирал слезы, а потом, схватив Мари за руку, представил ее подошедшим:

— Вот фрейлейн Штальбаум, дочь почтенного советника медицины и моя спасительница. Если б она не бросила вовремя свой башмачок и не достала мне саблю отставного полковника, то я лежал бы теперь в гробу, перекушенный пополам жадным мышиным королем! Судите сами, может ли сравниться с фрейлейн Штальбаум по красоте и доброте сама принцесса Пирлипат, хоть она и настоящая принцесса? Нет, тысячу раз нет!

Дамы воскликнули:

— Нет! Нет! — и со слезами бросились обнимать Мари.

— О милая, добрая спасительница нашего брата! Прелестная фрейлейн Штальбаум!

Затем дамы повели Щелкунчика и Мари во внутренние покои, где все стены усеяны были блестящими разноцветными кристаллами. Но что более всего понравилось Мари, так это хорошенькая маленькая мебель, украшавшая зал. Это были прелестные миниатюрные стульчики, столики, комоды, конторки — все сделанные из дорогого кедрового и бразильского дерева.

Принцессы усадили Щелкунчика и Мари рядом и сказали, что скоро будет подан обед. Стол уставили множеством маленьких тарелок, салатников, сделанных из тончайшего японского фарфора, а также ножей, вилок, кастрюлек и прочей посуды — всё из чистого золота и серебра. Затем принесли прекрасные плоды и конфеты, каких Мари даже никогда не видела, и принцессы так проворно взялись за стряпню своими маленькими белыми ручками, что Мари только удивлялась, как хорошо умели они хозяйничать. Фрукты резали, миндаль толкли в ступках, душистые корешки терли на терках, и не успела Мари оглянуться, как великолепный обед был готов. Мари очень хотелось помочь принцессам и на-

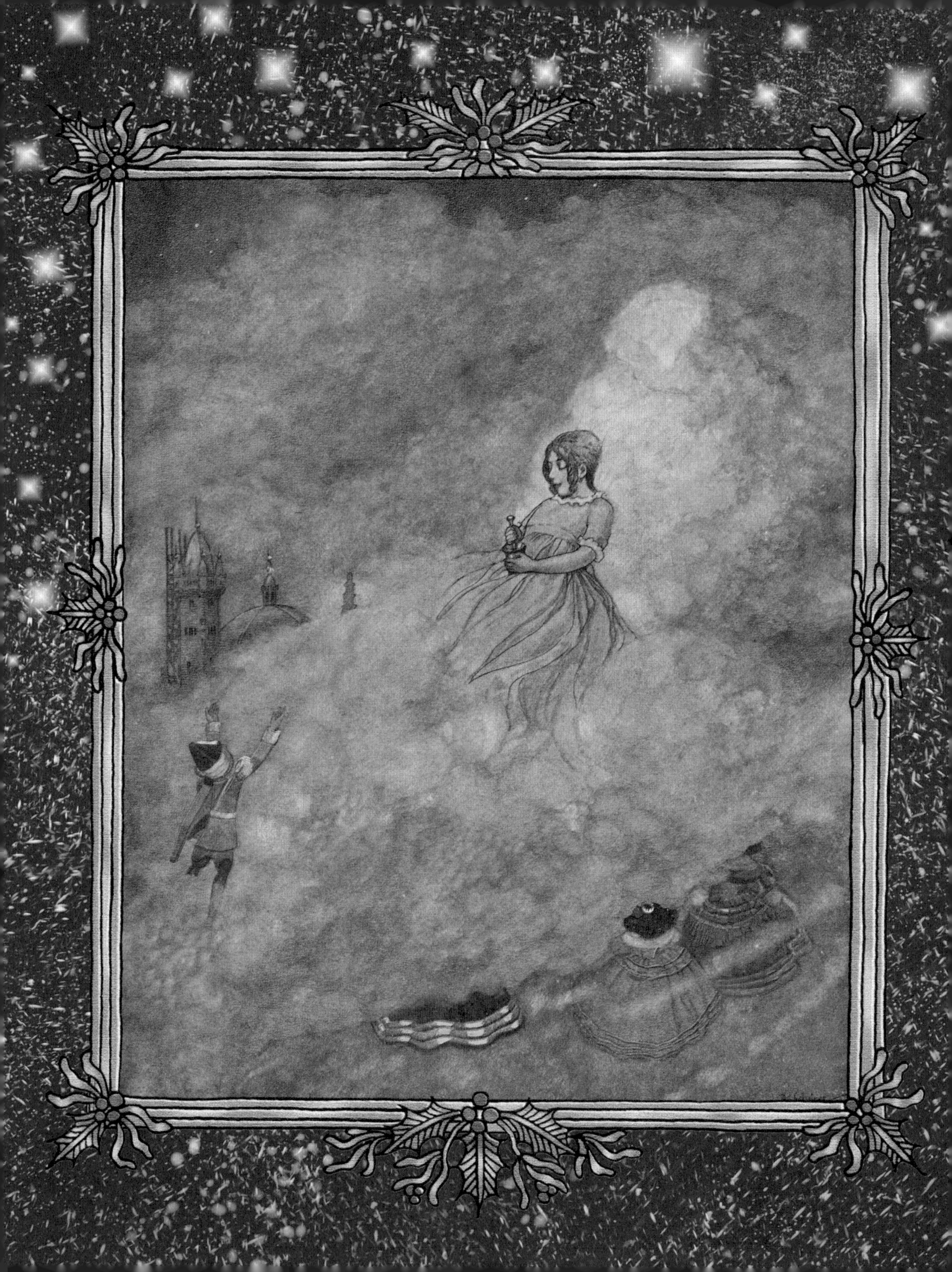

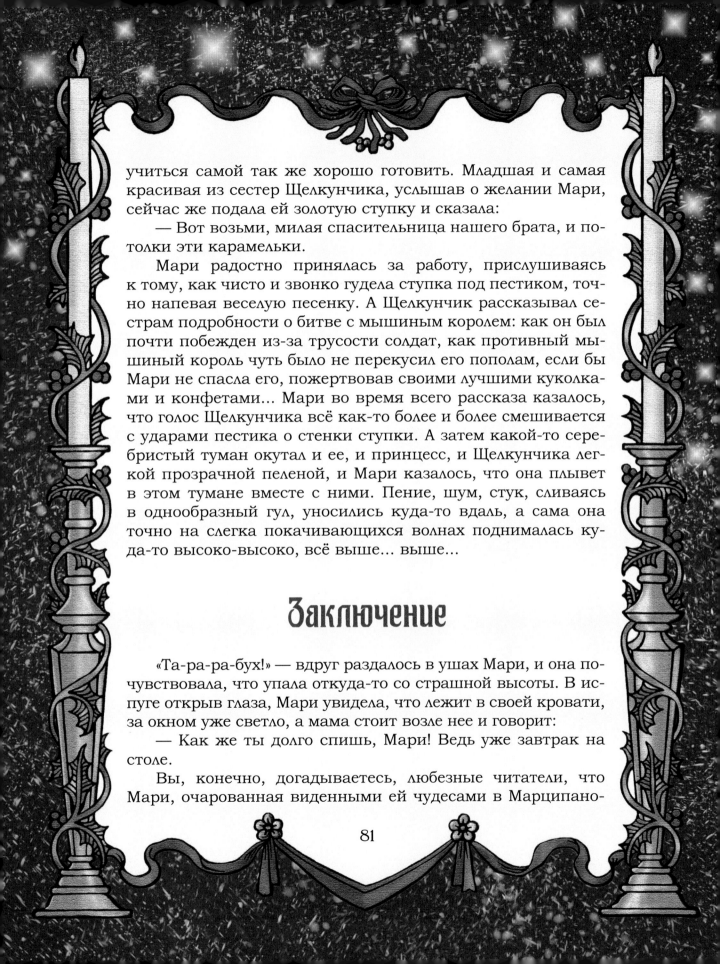

учиться самой так же хорошо готовить. Младшая и самая красивая из сестёр Щелкунчика, услышав о желании Мари, сейчас же подала ей золотую ступку и сказала:

— Вот возьми, милая спасительница нашего брата, и потолки эти карамельки.

Мари радостно принялась за работу, прислушиваясь к тому, как чисто и звонко гудела ступка под пестиком, точно напевая весёлую песенку. А Щелкунчик рассказывал сёстрам подробности о битве с мышиным королём: как он был почти побеждён из-за трусости солдат, как противный мышиный король чуть было не перекусил его пополам, если бы Мари не спасла его, пожертвовав своими лучшими куколками и конфетами... Мари во время всего рассказа казалось, что голос Щелкунчика всё как-то более и более смешивается с ударами пестика о стенки ступки. А затем какой-то серебристый туман окутал и её, и принцесс, и Щелкунчика лёгкой прозрачной пеленой, и Мари казалось, что она плывёт в этом тумане вместе с ними. Пение, шум, стук, сливаясь в однообразный гул, уносились куда-то вдаль, а сама она точно на слегка покачивающихся волнах поднималась куда-то высоко-высоко, всё выше... выше...

Заключение

«Та-ра-ра-бух!» — вдруг раздалось в ушах Мари, и она почувствовала, что упала откуда-то со страшной высоты. В испуге открыв глаза, Мари увидела, что лежит в своей кровати, за окном уже светло, а мама стоит возле неё и говорит:

— Как же ты долго спишь, Мари! Ведь уже завтрак на столе.

Вы, конечно, догадываетесь, любезные читатели, что Мари, очарованная виденными ей чудесами в Марципановом замке, в конце концов заснула, а арапчата или сами принцессы перенесли ее домой и уложили в кровать.

— Ах, мамочка, милая моя мамочка! Если бы ты знала, куда меня водил сегодня ночью молодой Дроссельмейер и какие чудеса я видела! — воскликнула Мари и рассказала всё, что произошло.

Мама удивилась и сказала:

— Ты, Мари, видела очень длинный и интересный сон, но теперь пора тебе выбросить его из головы.

Мари стояла, однако, на своем, уверяя, что это был не сон, а сущая правда, так что мама наконец подошла к стеклянному шкафу, вынула оттуда Щелкунчика, стоявшего по обыкновению на третьей полке, и сказала Мари:

— Ну можно ли быть такой глупенькой девочкой и вообразить, что деревянная нюрнбергская кукла может двигаться и говорить?

— Ах, мама, — перебила ее Мари, — да ведь Щелкунчик — это молодой Дроссельмейер из Нюрнберга, племянник крестного!

Тут советник и советница весело рассмеялись.

— Папа, папа! — почти со слезами говорила Мари. — Вот ты смеешься над моим Щелкунчиком, а знаешь ли ты, как хорошо он о тебе отзывался, когда мы пришли в Марципановый замок и он представил меня своим сестрам-принцессам? Он сказал, что ты весьма достойный советник медицины!

Тут уже расхохотались не только папа и мама, но даже Луиза с Фрицем. Тогда Мари побежала в свою комнату, достала из своей маленькой шкатулочки семь корон мышиного короля и сказала, подавая их маме:

— Вот посмотри же, это семь корон мышиного короля! Их подарил мне прошлой ночью молодой Дроссельмейер на память, в знак своей победы.

Советница с изумлением разглядывала поданные ей короны, которые были сделаны из какого-то необыкновенного блестящего металла и притом с таким искусством, что трудно было поверить, что это дело человеческих рук. Советник тоже не мог насмотреться на эти короны. Затем отец и мать со всей серьезностью потребовали, чтобы Мари объяснила им, откуда она их взяла. Мари ничего не могла прибавить к тому, что уже рассказала, и когда папа начал ее журить и даже назвал маленькой лгуньей, она расплакалась и могла только проговорить сквозь слезы:

— Бедная, бедная я девочка! Что же я могу еще сказать?

В эту минуту дверь отворилась, и в комнату вошел крестный:

— Что это? — воскликнул он. — Моя милая крестница Мари плачет! Что это значит?

Советник рассказал ему всё, что случилось, и показал ему коронки. Крестный, как только их увидел, громко расхохотался и воскликнул:

— Так вот в чём дело! Да ведь это те самые коронки, которые я постоянно носил на своей цепочке от часов и два года тому назад подарил Мари в день ее рожденья. Разве вы забыли?

Ни советник, ни советница не могли этого вспомнить, а Мари, увидев, что папа и мама опять развеселились, бросилась к крестному на шею и воскликнула:

— Крестный, крестный! Ты всё знаешь, уверь их, что мой Щелкунчик — твой племянник, молодой Дроссельмейер из Нюрнберга, и что коронки подарены мне им!

Крестный на это состроил недовольную мину и пробормотал:

— Какая, однако, глупая штука вышла!

Тогда советник взял Мари за руку и, поставив ее перед собой, сказал очень серьезно:

— Послушай, Мари, ты должна выбросить из головы эти глупости! Если ты снова станешь уверять, что твой глупый Щелкунчик — племянник господина Дроссельмейера, то я

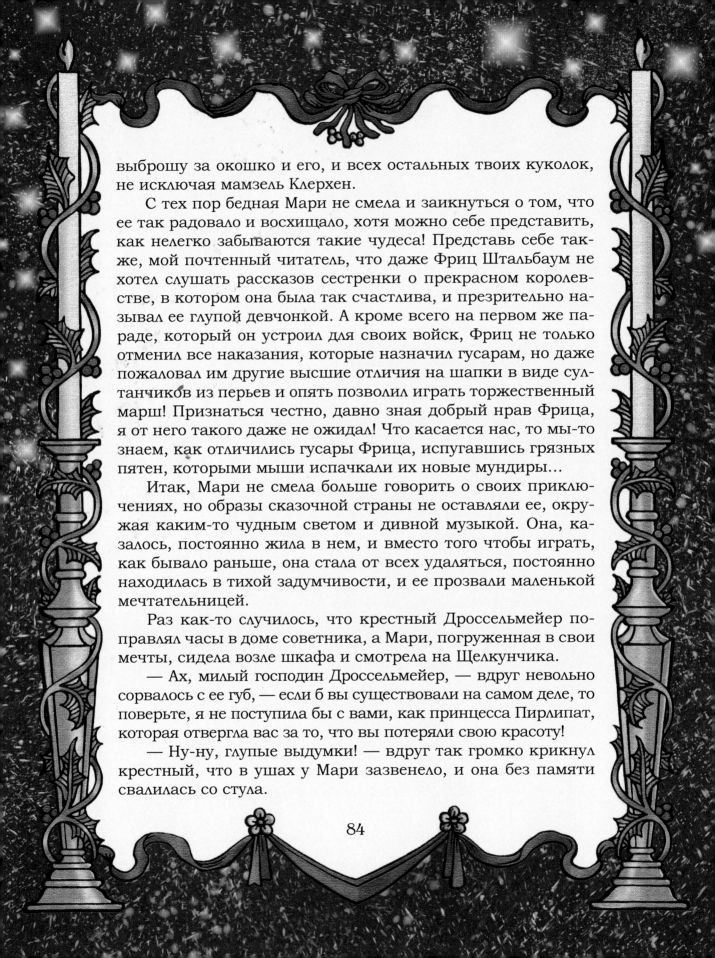

выброшу за окошко и его, и всех остальных твоих куколок, не исключая мамзель Клерхен.

С тех пор бедная Мари не смела и заикнуться о том, что ее так радовало и восхищало, хотя можно себе представить, как нелегко забываются такие чудеса! Представь себе также, мой почтенный читатель, что даже Фриц Штальбаум не хотел слушать рассказов сестренки о прекрасном королевстве, в котором она была так счастлива, и презрительно называл ее глупой девчонкой. А кроме всего на первом же параде, который он устроил для своих войск, Фриц не только отменил все наказания, которые назначил гусарам, но даже пожаловал им другие высшие отличия на шапки в виде султанчиков из перьев и опять позволил играть торжественный марш! Признаться честно, давно зная добрый нрав Фрица, я от него такого даже не ожидал! Что касается нас, то мы-то знаем, как отличились гусары Фрица, испугавшись грязных пятен, которыми мыши испачкали их новые мундиры...

Итак, Мари не смела больше говорить о своих приключениях, но образы сказочной страны не оставляли ее, окружая каким-то чудным светом и дивной музыкой. Она, казалось, постоянно жила в нем, и вместо того чтобы играть, как бывало раньше, она стала от всех удаляться, постоянно находилась в тихой задумчивости, и ее прозвали маленькой мечтательницей.

Раз как-то случилось, что крестный Дроссельмейер поправлял часы в доме советника, а Мари, погруженная в свои мечты, сидела возле шкафа и смотрела на Щелкунчика.

— Ах, милый господин Дроссельмейер, — вдруг невольно сорвалось с ее губ, — если б вы существовали на самом деле, то поверьте, я не поступила бы с вами, как принцесса Пирлипат, которая отвергла вас за то, что вы потеряли свою красоту!

— Ну-ну, глупые выдумки! — вдруг так громко крикнул крестный, что в ушах у Мари зазвенело, и она без памяти свалилась со стула.

Очнувшись, она увидела, что мама хлопочет около нее и говорит:

— Ну же, Мари! Как тебя угораздило так упасть? Вставай скорей, к нам приехал племянник господина Дроссельмейера из Нюрнберга. Будь же умницей и веди себя при нем хорошо.

Взглянув, Мари увидела, что крестный, одетый опять в свой желтый сюртук и с париком на голове, держит за руку очень милого молодого человека — небольшого роста и уже почти совсем взрослого, лицо его сияло свежестью и здоровьем. На нем был красный, вышитый золотом кафтан, белые шелковые чулки, лакированные башмаки, а в петлицу был вделан прелестный букет. Молодой человек был тщательно завит и напудрен, а на затылке его висела прекрасная коса; маленькая шпага блестела, как дорогая игрушка, а под мышкой держал он новую шелковую шляпу.

Хорошие и благовоспитанные манеры молодой человек доказал тем, что подарил Мари много хорошеньких вещиц, среди которых были марципаны и точно такие же фигурки, которые изгрыз когда-то мышиный король. Фрицу же досталась прекрасная сабля. За столом молодой человек щелкал орехи для всех. Даже самые твердые не могли устоять против его зубов. Правой рукой клал он орехи в рот, левой дергал себя за косу, раздавалось — крак! — и скорлупа рассыпалась.

Мари покраснела, как маков цвет, едва увидев милого молодого человека, и стала совсем пунцовой, когда после обеда он учтиво попросил ее пройти вместе с ним к стеклянному шкафу.

— Забавляйтесь, детки, забавляйтесь, — сказал крестный, — я ничего не имею против. Теперь все мои часы в порядке.

Едва молодой Дроссельмейер остался с Мари наедине, как тотчас же встал перед ней на одно колено и сказал:

— О милая, дорогая фрейлейн Штальбаум! Примите благодарность молодого Дроссельмейера здесь, на том самом месте, где вы спасли ему жизнь. Вы сказали, что никогда не поступили бы со мною, как злая принцесса Пирлипат, за которую я пострадал. Смотрите, теперь я перестал быть уродливым Щелкунчиком и приобрел свою прежнюю, не лишенную приятности внешность! О милая фрейлейн! Осчастливьте меня! Разделите со мной венец мой и царство, в котором я теперь король! Будьте хозяйкой Марципанового замка!

Мари попросила молодого человека встать и тихо произнесла:

— Милый господин Дроссельмейер! Вы такой добрый, скромный молодой человек и к тому же царствуете в прекрасной, населенной веселым народом стране, что я с радостью соглашаюсь быть вашей невестой!

Тут же было решено, что Мари выходит замуж за молодого Дроссельмейера.

Через год была свадьба, и молодой муж, как уверяют, увез Мари к себе на золотой карете, запряженной серебряными лошадками. На свадьбе танцевали двадцать две тысячи прелестнейших, украшенных жемчугом и бриллиантами куколок, а Мари, как говорят, до сих пор царствует в прекрасной стране со сверкающими рощами, прозрачными марципановыми замками — словом, со всеми теми чудесами, которые может увидеть только тот, кто одарен зрением, способным видеть такие вещи.

Вот и вся сказка про Щелкунчика и мышиного короля.

КОНЕЦ